# Die FeelsWood Story 2.0

Benjamin Stocksiefen

Meinen Kindern Charlotte Maria
und Theo Benjamin.

ISBN Softcover: 978-3-384-36645-0
ISBN E-Book: 978-3-384-36646-7

Druck und Distribution im Auftrag des Autors:
tredition GmbH, Halenreie 40-44, 22359 Hamburg, Germany



Die Publikation und Verbreitung erfolgen im Auftrag des Autors, zu erreichen unter:
tredition GmbH, Abteilung »Impressumservice«,
Halenreie 40-44, 22359 Hamburg, Deutschland.

Benjamin Stocksiefen · BenjaminStocksiefen.de
Projektrealisierung: Branding-Buch.de

# INHALTSVERZEICHNIS

# VORWORT

Liebe Leserin, lieber Leser,

sich in die Hände von Benjamin Stocksiefen zu begeben, ist eine hervorragende Idee!

»Mister Holz«, wie ich ihn nenne, trägt seine Botschaft mit so viel Leidenschaft in die Welt, dass einem bange werden kann. Die vielen Anfragen aus Wirtschaft und Politik bestätigen seine Kompetenz und zeigen, dass er mit seiner Vision, mehr Holzbau in die Welt zu tragen, auf dem richtigen Weg ist.

Früh erkannte Benjamin, dass er die *Holzbau Stocksiefen GmbH* von seinem Vater nicht nur *übernehmen*, sondern *weiterentwickeln* möchte. Er will einen Beitrag dazu leisten, dass auch unsere Enkelkinder noch einen lebenswerten Planeten vorfinden. Die von ihm vorgeschlagene Lösung: den natürlichsten Baustoff Holz für das Bauen von Gebäuden nutzen!

Mister Holz hat sich eine Medienpräsenz erarbeitet und verbreitet seine Botschaft auf zahlreichen Kanälen in den sozialen Netzwerken. Somit kommen auch Unbedarfte mit den Inhalten und dem Experten-Know-how beim Thema Holz in Berührung und lassen sich inspirieren, über eine nachhaltige Wohnkultur nachzudenken.

Es gilt: *Fortschritt*, nicht *stehenbleiben* – und einen positiven Impact hinterlassen.

Kennengelernt habe ich Benjamin bereits 2019 und konnte ihn seitdem ein Stück begleiten. Seine Entwicklung imponiert mir, war er damals zunächst zurückhaltend und mittlerweile – eben als »Mister Holz« – eine Institution für sich, eine gemachte Marke.

In »Die Feels Wood Story 2.0« führt Benjamin durch die Meilensteine seines Lebens, gibt Einblicke in eine gelungene Firmenübernahme und umreißt, warum nur noch *Holz* unseren Planeten retten kann.

Für ihn und dieses Werk einen doppelten Daumen nach oben!

Hermann Scherer

# KAPITEL 1
# EINFÜHRUNG

**Lasst uns die Welt retten!** Okay, allein wird das schwierig, aber jeder Beitrag zählt. Dieses Buch ist kein Klimabuch und ich bin kein Klima-Aktivist. Wenn überhaupt, wäre ich ein *Holz*-Aktivist, also jemand, der das Problem von zu großen Mengen an Kohlenstoffdioxid in der Erdatmosphäre verstanden hat und davon überzeugt ist, dass ›mehr Holzbau‹ einen Teil der Lösung darstellt.

*Warum?* In Deutschland werden die meisten Häuser auf Grundlage konventioneller Baustoffe errichtet, also mit Ziegeln, Kalksandstein, Bimsstein und Beton. Zur Beton-Herstellung wird das Bindemittel Zement benötigt, das jedes Jahr doppelt so viel Kohlenstoffdioxid verursacht wie der weltweite Flugverkehr, und damit einer der größten Klima-Gefährder unseres Planeten ist. Mit dem Schaffen von nachhaltigem Wohnraum ist nicht schlagartig alles gut, aber wir bilden einen Mosaikstein im großen Gefüge und strapazieren die Natur nicht über Gebühr.

Wie es dazu kam, dass ich eine Leidenschaft für den natürlichen Baustoff Holz entwickelt habe und warum ich mich dafür einsetze, noch mehr Menschen mit nachhaltigem Wohnraum zu versorgen, erzähle ich in diesem Buch.

Schon als Kind liebte ich es, im Inneren eines hölzernen Dachstuhls herumzuklettern und mich dabei so zu fühlen, als befände ich mich in einem Wald. Trotz zahlreicher Splitterverletzungen schloss ich den Naturstoff in mein Herz und arbeite bis heute gerne mit ihm.

Ein Haus braucht als Basis eine felsenfeste Grundlage, die Turbulenzen, Wind- und Wettereinflüssen standhält. Ich werde das als Metapher zu einem Leitmotiv überführen, denn es ist um einiges leichter, ein erfolgreiches Leben zu führen, wenn nicht nur das Wohnhaus auf einem soliden Fundament steht, sondern auch die eigene Persönlichkeit. Das weiß ich aus Erfahrung nicht nur als Geschäftsführer eines traditionsreichen Familienunternehmens, sondern auch als Familienvater und liebender Ehemann.

Auf dem Schoß eines Box-Weltmeisters.
1998 bei einem Richtfest in Much mit Henry Maske.

Dieses Buch zeigt einerseits, wie wir eine der renommiertesten Zimmereien im Rheinland führen, zum anderen erzähle ich von den Problemen, die sich mir in den Weg stellten, und die ich der Reihe nach lösen konnte, weil ich an mir selbst gearbeitet habe.

Den ›Erweckungsmoment‹ gab es im Sommer 2015, als wir den Junggesellenabschied meines Onkels Michael feierten. Wir grillten, trieben Sport, spielten Gesellschaftsspiele und tranken Bier. Unter den Gästen war auch einer seiner besten Freunde, Christopher. Den Vormittag verbrachten wir auf der Sommerrodelbahn in Altenahr und hatten dort jede Menge Spaß, ehe wir gegen 16 Uhr auf der Terrasse einkehrten, »Schlag den Micha« spielten und die Füße in den angrenzenden Bachlauf hielten. Gegen 18 Uhr kam dann auch mein Vater dazu und wir warfen den Grill an, zapften uns Kölsch und rundeten die gelungene Feier im kleinen Kreis kulinarisch ab. Als die Sonne unterging, fragte mich Christopher, ob ich ihn auf einen Zigarillo vor die Haustür begleiten würde. »Klar«, sagte ich, die Chemie stimmte zwischen uns und ich fühlte mich auf eine gewisse Art mit ihm verbunden.

Er arbeitete bei einem weltweit führenden Unternehmen, das Herzschrittmacher herstellt, und hatte dort die Personalverantwortung für den europäischen Markt. Seit vielen Jahren war er außerdem Coach für Führungskräfte.

»Weißt du, was mir aufgefallen ist, Ben?«, sagte er, während er an seinem Kölsch nippte. »Ich finde es toll, dass wir heute so einen schönen Abend haben … aber mich irritiert, dass du wie ausgewechselt wirkst, sobald dein Vater in der Nähe ist.« Ich fühlte mich von seiner Einschätzung ertappt, denn natürlich wusste ich, was er meinte.

Diese Erkenntnis war der Startschuss einer Reise zu mir selbst und ich lernte meine erste Lektion: Was ich denke, ist nicht das, was andere denken; Selbstwahrnehmung ist nicht gleich Fremdwahrnehmung. Manchmal fühlen wir uns riesengroß und oft auch winzig klein, mal sind wir der ›tolle Hecht‹, mal der geplagte Verlierer.

Das Gespräch inspirierte mich, tiefer zu graben. Wer Herausforderungen meistern möchte, egal ob als Arbeiter, als Mutter, Unternehmensnachfolger, Chef, Eltern oder Führungskraft, sollte das ebenso tun. Wer nicht wächst, bleibt stehen und ist gegenüber vorwärtsstrebenden Mitstreitern benachteiligt.

In diesem Buch umreiße ich meine Biographie und berichte, wie es sich anfühlt, vier Generationen meiner Vorfahren schultern zu müssen, die über Jahrzehnte eine hohe Arbeitsqualität etabliert und einen besonderen Ruf in Teilen der Bundesrepublik aufgebaut haben. Anhand lebhafter Geschichten und gewonnener Erkenntnisse will ich aufzeigen, wie der Bau eines Hauses mit der Entwicklung der eigenen Persönlichkeit vergleichbar ist und welche wundersamen Möglichkeiten sich ergeben, wenn man die Potenziale nutzt, die jedem von uns in die Wiege gelegt wurden. Im Laufe des Buches beantworte ich einige Fragen zum Thema Holzbau, spätestens im ›Häufige-Fragen‹-Teil ab Seite 133.

Zur Einordnung beginne ich mit einer Lektion, die ich niemals mehr vergessen werde.

Viel Freude beim Lesen wünscht euch

# KAPITEL 2
# AUFWACHSEN, SCHULE, ABGANG

**»Eigenbrötler« oder »Einzelkämpfer« sind negativ konnotierte Begriffe, und so würde ich mich selbst nicht beschreiben, aber ich hatte schon immer meinen eigenen Kopf.** Wenn ich mit meinen Eltern im Urlaub war, ließ ich mich nicht in einen albernen Mini-Club stecken, sondern verbrachte weiterhin Zeit mit ihnen. In den Schulferien hielt ich es für sinnvoller, mein Taschengeld mit Nebenjobs aufzubessern, statt mir die Zeit mit Schabernack zu vertreiben.

Geboren bin ich im Oktober 1987 in Siegburg, in der Nähe von Bonn. Früh verstand ich die Grundmechanismen privatwirtschaftlichen Handelns: Ich konnte nur so viel Geld ausgeben, wie ich besaß. Wenn ich mir einen Wunsch erfüllen wollte, musste ich vorher etwas leisten. Und so kam es, dass ich in meiner freien Zeit auf einer Baustelle arbeitete oder Zeitungen austrug. Meine Eltern hätten mir Abkürzungen ermöglichen können, indem sie mir die Sachen einfach geschenkt hätten; ihre Geschäfte liefen stets gut. Meine Mutter arbeitet bis heute als Immobilienmaklerin, mein Vater ist renommierter Zimmermeister im eigenen Unternehmen. Aber das kam nie infrage; meine Eltern wollten keinen verwöhnten Sohn und bis heute bin ich ihnen dankbar dafür, denn ich selbst hätte niemals ein solcher werden wollen! Sie haben mich dazu erzogen, mit Geld umzugehen und zu akzeptieren, dass man nicht immer alles sofort haben kann.

Wenn es etwas gibt, was ich mir ermöglichen will, hat diese Sache einen Preis. Eine finanzielle Summe, seltener einen ideellen Preis, wie etwa die Extrameile, die man gehen muss, um die Aussicht vom Berggipfel bestaunen zu können. Diese zu gehen lohnt sich aber, und im Endeffekt ist die Wertschätzung größer, wenn man selbst an seinem eigenen Erfolg mitgewirkt hat. Und wo wir gerade bei Wertschätzung sind: Das erste Adjektiv, das mir zu meiner Kindheit einfällt, ist ›behütet‹; es mangelte an nichts, wir fuhren mehrmals im Jahr in den Urlaub, ich konnte regelmäßig Sport treiben und meine Hobbys ausführen. Für meine Bedürfnisse war gesorgt – und wenn ich Extrawünsche hatte, wurde nicht das Portemonnaie der Eltern geöffnet, sondern ich erhielt Unterstützung darin, mir diese eigenständig zu erfüllen.

Meine Eltern lebten mir die richtige Balance vor und ich orientierte mich an ihnen: Materielle Sicherheit war möglich, solange klug gewirtschaftet wurde. Die wohl wichtigste Erkenntnis aus dieser Zeit war, dass ich für mein eigenes Leben selbst verantwortlich bin. Ob es dabei um meine Partnerwahl, meine Freundschaften, um die berufliche Verwirklichung, meinen Kontostand oder die körperliche Gesundheit ging: Zu großen Teilen habe ich das alles selbst in der Hand. Ich treffe die Entscheidungen. Mein Selbstbewusstsein war zu der Zeit nicht sonderlich hoch, aber ich spürte einen Anflug von Selbstwirksamkeit. Ich setze die Ursachen für die Folgen, die sich später daraus ergeben. Ich – und niemand anders. Auch mein Umfeld war überrascht, als ich etwa meine Führerscheine machte (Auto, Roller, Motorrad, LKW) und die Prüfungen jeweils auf Anhieb bestand. Ich konnte meine Theorie- und Fahrstunden immer schnell bewältigen, ohne Zeit zu vertrödeln.

Bis ich ungefähr 16 Jahre alt war, war ich eher schüchtern und zurückhaltend – aber sobald ich ein Ziel vor Augen hatte, konnte ich strebsam in einen Tunnelblick-Modus schalten.

Verunsichert war ich, als es um meinen Berufswunsch ging. Mit dem Ende der Schulzeit brachen die gewohnten Strukturen auf, es gab keine Lehrer und vordiktierten Stundenpläne mehr. Manche meiner Freunde träumten davon, in Australien zu studieren oder eine Weltreise zu machen. Damit konnte ich nichts anfangen, ich fühlte mich in meiner Heimat verwurzelt und wollte in die Fußstapfen meines Vaters treten; wie genau, das wusste ich noch nicht. Um mir alle Türen offen zu halten, entschied ich mich dazu, nach der mittleren Reife auf ein Wirtschaftsgymnasium zu wechseln und dort das Abitur zu machen. Mit den beiden Leistungskursen Rechnungswesen und Betriebswirtschaftslehre klappte das gut, und 2007 war ich der Erste aus der Familie Stocksiefen, der ein Abitur vorzuweisen hatte – meine Eltern waren stolz, und ich natürlich auch!

Spätestens jetzt musste ich eine Entscheidung fällen, und das war gar nicht so leicht. Es entstand ein Konflikt, den ich in den nächsten Kapiteln noch tiefer beleuchten werde …

# KAPITEL 3
# AUSGERECHNET ZIMMERMANN?

**Bis heute lasse ich mich gerne in meinen Bürostuhl fallen, entnehme der Schublade ein Stück Vollholz und lasse meine Finger über die Oberfläche gleiten.** Der Geruch hat sich dann schon verflüchtigt, aber das Gefühl bleibt: Rau und weich, ich erspüre die Maserung, Äste und Rillen, der Griff ist einzigartig. Es macht mich glücklich, anderen Menschen Holzbauten zu erstellen, ob Aufstockungen, Anbauten oder komplette Holzhäuser. Viele unserer Kunden wollen »nicht mehr zurück«, wenn sie einmal in den Genuss unserer natürlichen Wohnräume gekommen sind.

Das Faible für Holz wurde mir schon früh mitgegeben, als mich mein Vater auf Baustellen mitnahm, auf denen er gearbeitet hat. Er war Mitte der 90er-Jahre für rund 200 Dachstühle pro Jahr verantwortlich und wir besichtigten stets die Rohbauten, also das Betonfundament. Die Dachstühle ganz oben waren die Arbeitsbereiche meines Vaters, in denen ich ihm beim Vermessen helfen durfte. Fast jede Besichtigung entpuppte sich als Tortur, weil ich von dem nassen, schleimhautreizenden Beton Kopfschmerzen bekam. Außerdem mochte ich den nassfeuchten Geruch nicht. Ich spürte am eigenen Leib, dass eine Bauweise aus natürlichen Baustoffen gesünder sein muss – eben wie im hölzernen Dachstuhl. Während meines Aufenthalts war ich selig, weil mir das Holz das Gefühl gab, draußen in der Natur zu sein, obwohl ich mich innerhalb des Hauses befand – ein irres Gefühl, das jeder mal erlebt haben sollte.

Mir wurde klar, dass ich mich selbst in diesem Beruf sehe, nicht nur mit Dachstühlen, sondern mit den kompletten Wohnräumen.

*

Im Gegensatz zu einem Betonbau arbeitet man bei einem Holzhaus von Anfang an in einem trockenen Gebäude und auch direkt sichtbar ›am Ergebnis‹. Es riecht nach Holz und fühlt sich gut an, die warmen Wände, die spezielle Akustik – die Natur ist mit allen Sinnen greif- und spürbar, während bei einem Betonbau ganz andere Arbeitsschritte (Schlitze stemmen et cetera) notwendig sind und ein anderes, nassfeuchtes Klima herrscht. Apropos: Die Zementindustrie ist für acht Prozent der weltweiten $CO_2$-Emissionen verantwortlich. Ich wäre der Letzte, der kein Verständnis für Arbeitsplätze und wirtschaftliche Stabilität hätte, aber wir haben ein Problem, das wir lösen müssen. Nicht nur aus diesem Grund entwickelte sich meine Vision, allen Menschen, die interessiert daran sind, die Freude an einem natürlichen Wohnraum zu ermöglichen. Genau darauf wollte ich hinarbeiten.

Das Realisieren eines Holzprojekts ist von A bis Z pure Freude. Wir treffen uns mit dem Kunden und entwickeln die Prozessschritte, und nach ein paar Monaten steht man vor einem fertig aufgebauten Haus, einer größeren Aufstockung oder einem Anbau, und prostet sich beim Richtfest gegenseitig zu. Es erfüllt mich zu sehen, wofür ich all die Monate jeden Morgen aufgestanden bin. Ein schöner Nebeneffekt ist, dass ich mir meine Arbeitszeiten flexibel gestalten kann. Natürlich habe ich Termine, vor allem wenn das Haus in die Bauphase geht, aber im Wesentlichen bin ich mein eigener Chef, und gerade zu Anfang meiner Lehrzeit habe ich sehr viele Überstunden geschoben und Nachtschichten eingelegt, um an der Erreichung meines Ziels zu arbeiten.

Auch gesellschaftlich ist das Handwerk ein spannendes Thema. Die Nachrichten sind voll davon, dass Betriebe keine Mitarbeiter mehr finden und dass sich weitaus weniger Menschen als früher ausbilden lassen möchten. Das mag für gewisse Branchen stimmen – die Zimmerei hingegen erfährt einen Zulauf. Viele Menschen sind bereit, in ihr Wissen und ihre Fähigkeiten zu investieren, um anderen Menschen Häuser bauen zu können. Ich bin mir sicher, dass gerade hinsichtlich der Klimawandeldebatte vermehrt die Richtung des nachhaltigen Bauens eingeschlagen werden wird. Der Zimmermann ist ein beliebter Beruf, auch die Berufsschulen platzen aus allen Nähten und die Schüler sind top-motiviert. Es ist mir persönlich ein Anliegen, mit meiner Firma einen Teil zur Gesellschaft beizutragen.

Vor allem möchten die jungen Leute heutzutage eine sinnstiftende Arbeit, die einen Mehrwert für andere Menschen bringt und die auch mit der Umwelt vereinbar ist – all das bietet der Zimmerer-Beruf.

Wenn es eine Branche gibt, die »boomt« und auf kreative Weise das Alte mit dem Neuen vereint, dann ist es das Handwerk. Menschen brauchten schon immer Handwerker und werden auch immer welche brauchen. Gerade in Zeiten des Handwerkerbedarfs kann das Erlernen eines Handwerkberufs oder das Gründen einer Handwerksfirma sinnvoll und lukrativ sein.

Was jetzt hier aber so lückenlos und einfach klang, war mitnichten ohne Hürden. Im Gegenteil, ich war einmal kurz davor, alles hinzuschmeißen. Was es mit dieser Episode auf sich hatte, enthülle ich im nächsten Kapitel.

# KAPITEL 4
# STEINIGER WEG

**»Erfolg musst du immer im Voraus bezahlen«, sagt der Erfolgstrainer Hermann Scherer.** Genau das habe ich erfahren müssen. In diesem Kapitel erzähle ich, wie ich mir Steine in den Weg legte, weil ich an einer Stelle nicht meinem Herzen folgte, und wie ich daraus wiederum Kapital schlagen konnte und letztendlich durchstartete.

Nach dem Abitur wollte ich eine Ausbildung zum Zimmermann machen, anschließend Meister werden und den Familienbetrieb übernehmen. Was auch sonst? Ich genoss es, auf der Baustelle zu arbeiten, hatte bereits Erfahrungen gesammelt und andere Bereiche reizten mich nicht. Mit meinem Abitur hätte ich an einer Universität studieren können; ich fühlte mich aber wohl mit der Aussicht, handwerklich mit Holz zu arbeiten.

Mit 19 kam der erste Rückschlag. Mein Vater erzählte mir, ich könnte Bauingenieurswesen dual studieren, also ein Studium parallel zur Ausbildung absolvieren und damit zwei Fliegen mit einer Klappe schlagen. Es hörte sich gut an; überhaupt gab ich viel auf sein Wort. Bis heute ist er ein Vorbild für mich, und aus seiner Sicht war es verständlich, dass er mir diesen Weg empfahl. Er wollte mein Potenzial zutage fördern und dieser Studiengang schien perfekt zu passen. Augenscheinlich war ich überzeugt – in meinem Bauch gab es leise Zweifel, von denen ich heute weiß, dass ich sie in meinen persönlichen Fokus hätte rücken sollen.

## Alle guten Dinge sind drei?

Ich trat das Studium an und die ersten beiden Semester liefen gut. Mit den Noten 1 bis 3 war alles im grünen Bereich. Die Menschen in meinem Umfeld waren nett und ich fügte mich prima in das soziale Gefüge ein, auch wenn das, was auf dem Lehrplan stand, nicht gänzlich dem entsprach, was mich interessierte. Ich dachte, dass es eben Teil des Gesamtprozesses sei, wenn es um Stauwasserwände und Straßenbau ging, Themen, die für meine beruflichen Pläne nicht von Bedeutung schienen. »Aber gut«, motivierte ich mich, »wird schon nicht schaden und gehört dazu, muss ich einfach durchziehen …« Mein Ziel war es, mit Anfang 20 fertig zu sein, um voll durchstarten zu können, aber bereits im dritten Semester kam ich an meine Grenzen: »Hydrostatik und Gewässerkunde« wollte mir einfach nicht gelingen. Betonpontons, Wasserdruck, Stauwasserwände – wie eben schon angedeutet, passte das so gar nicht in mein Interessensgebiet, und ich scheiterte ganze zwei Mal an der Prüfung. Würde ich sie ein drittes Mal nicht bestehen, würde es nicht nur »ein bisschen eng« werden – ich würde die komplette Zulassung verlieren und nicht mehr weiterstudieren dürfen. Eine vierte Chance gab es nicht. Aus der Sicht der Hochschule war das nachvollziehbar. Welchen Sinn hat es, jemanden durchzuschleppen, der eine Prüfung über drei Versuche hinweg nicht schafft? An irgendeiner Stelle muss ein Schnitt gesetzt werden, drei Versuche empfinde ich als faire Anzahl. Aus meiner persönlichen Sicht war das allerdings eine Katastrophe: Vor dem letzten Versuch konnte ich tagelang nicht schlafen, und am Prüfungstag taumelte ich mit weichen Knien und einer zittrigen Hand dem Schreibtisch entgegen. Bereits im Prüfungsraum hatte ich ein mulmiges Gefühl. Die Aufgaben waren mir inzwischen vom Sinn her bekannt, und deshalb konnte ich halbwegs realistisch einschätzen, ob ich sie bei diesem Versuch gut und richtig lösen könnte.

## Hatte ich bestanden?

Zehn oder elf Tage vergingen, als wir auf dem Hof standen und die Nachricht die Runde machte, dass die Prüfungsergebnisse auf der Pinnwand verzeichnet seien. Spätestens jetzt bekam ich ein flaues Gefühl im Magen und der Weg in den zweiten Stock (dort hing die Pinnwand) kam mir wie eine Ewigkeit vor. Würde ich die Prüfung bestanden haben? War meine berufliche Zukunft zerschlagen worden? Das Herz rutschte mir bis tief in die Kniekehlen, als ich den Glaskasten von Weitem sah und ich mich dem Stück Papier näherte, auf dem die Ergebnisse niedergeschrieben waren. Nervös suchte ich auf dem Blatt meine Matrikelnummer. Da war sie! Und … wieder Note 5,0. Wieder nicht bestanden. Und damit hieß es: Mein Studium war beendet. Meine erfolgreich absolvierten Kurse und Prüfungen wären nicht komplett ›für die Katz‹ gewesen, ich hätte sie eventuell in einem anderen Studiengang anrechnen können, aber das war nicht, was ich wollte – der Plan des studierten Zimmermeisters ging nicht auf. Unangenehme Familiensitzungen waren die Folge: Wie ging es weiter? Was wurde aus mir, was aus der Firma meines Vaters? War ich als Geschäftsführer geeignet für den Betrieb, wenn ich die Prüfung in drei Versuchen nicht bestehen konnte?

Gestresst, aber letzten Endes gestärkt, gingen wir aus den Gesprächen heraus, mit einem neuen Plan, der eigentlich mein alter Plan war: Ich wollte die Gesellenprüfung zum Zimmermann absolvieren und war an meiner Ehre gepackt, lobte es als mein persönliches Ziel aus, die praktische Prüfung bis dato mit einer 1 zu bestehen. Schließlich hatte jeder Auszubildende der Firma die praktische Prüfung mit der Note 1 bestanden – und auch im Hinblick darauf, dass ich eines Tages der Vorgesetzte dieser Mitarbeiter sein würde, war es für mich unabdingbar, mit gutem Beispiel als Führungsfigur voranzugehen. An dieser Stelle, auch wenn ich im Laufe des Buches noch stärker darauf eingehen werde, kann ich gar nicht oft genug betonen, wie eng mir meine Frau (die zum damaligen Zeitpunkt noch meine Freundin war) zur Seite stand. Sonja trug maßgeblich dazu bei, dass ich meinen Weg weiterging und nicht den Kopf in den Sand steckte.

Und das wurde belohnt: Im Sommer 2010 bestand ich die praktische Prüfung mit der angestrebten Bestnote! Ich freute mich riesig, erlaubte mir aber keine Verschnaufpause, sondern meldete mich direkt für die Meisterschule in Kassel an. Anfang 2012 wollte ich Zimmermeister sein, das war meine Zielsetzung, die mich mein gescheitertes Studium vergessen lassen sollte. Als ich in Kassel ankam, setzte ich meine Erfolgsstrategie ein, von der ich in diesem Buch später auch noch erzählen werde. Es war das erste Mal, dass ich meine Komfortzone so richtig verlassen musste, da ich die Familie und meine Freundin zurückließ, um unter der Woche alleine in einer kleinen 15 Quadratmeter großen Kellerwohnung in Kassel unterzukommen, die komplett feucht war. Mein Vater, der diese Wohnung vorher nicht sah, sagte hinterher, er hätte sich sofort nach einer Alternative umgesehen, hätte er das gewusst ... Aber so läuft's nun mal, »Lehrjahre sind keine Herrenjahre«, und so musste ich die ganze Zeit mit einer feucht-stickigen Räumlichkeit zurechtkommen. Vielleicht ist das ein weiterer Grund, warum ich Wohnräume aus Holz bevorzuge ...

Meine Erfolgsstrategie bestand darin, Zettel mit meinen Zielen zu beschreiben und diese im Bad aufzuhängen. Tag für Tag habe ich mir dadurch immer wieder ins Gedächtnis gerufen, Zimmermeister zu sein. Durch das Erzeugen dieser mentalen Bilder habe ich mir selbst einen großen Gefallen getan, darauf werde ich im Laufe des Buches erneut eingehen.

Tag und Nacht lernte ich nach der Ohne-Fleiß-kein-Preis-Devise und tat alles dafür, um diese Herausforderung zu meistern.

**Die Wiederholung ist der Schlüssel für erfolgreiches Lernen. Für den Lernerfolg kommt es auf das Vorwissen an, auf die Motivation und die Beständigkeit. Durch stetiges Wiederholen werden die neuronalen Pfade im Gehirn ›zementiert‹.**

Am Ende der Lehrzeit bekamen wir 300 Fragen, auf die wir alle eine Antwort kennen mussten. Damals, 2011, waren Smartphones noch nicht so allgegenwärtig wie heute, weshalb ich kreativ werden musste: Um auf der Fahrt nach Hause und nach Kassel jeweils zweieinhalb Stunden effektiv lernen zu können, nahm ich alle 300 Prüfungsfragen samt Antworten mit meinem Mikrofon auf und brannte diese im MP3-Format auf eine CD. So konnte ich die Autofahrten dafür nutzen, zumindest mit einem Ohr immer und immer wieder zu hören, welche Antworten auf die Fragen richtig waren.

Später, als ich die Prüfung ablegte, merkte ich, dass mir die Antworten tatsächlich viel leichter zur Verfügung standen. Hermann Scherer hat recht. Den Preis für den Erfolg musste ich im Voraus entrichten – auch die Meisterprüfung legte ich am Ende sehr erfolgreich ab.

DU BIST

# ZIMMERMEISTER
*IM*
# JANUAR 2012

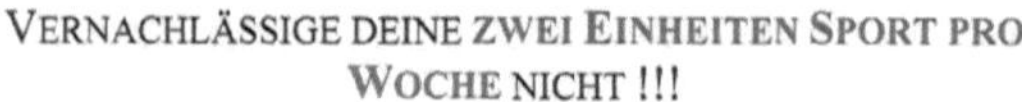

HIER IN KASSEL WIRD ALLES DAFÜR GETAN, DIESES ZIEL ZU ERREICHEN !!!
DENK DARAN, OHNE FLEISS KEIN PREIS !!!
DU WIRST DIESES ZIEL AUF JEDEN FALL ERREICHEN!!!

VERNACHLÄSSIGE DEINE ZWEI EINHEITEN SPORT PRO WOCHE NICHT !!!

**AUF GEHT´S, BEN !**

Mein ›Zielbild‹ aus dem Jahr 2011 hing
im Badezimmer meiner Kasseler Wohnung.

## KAPITEL 5
# EINE ZEITREISE

**Seit dem 15. März 2023 bin ich alleiniger Gesellschafter und Geschäftsführer der Holzbau Stocksiefen GmbH.** Im Folgenden gebe ich einen Überblick über den Werdegang der Firma.

Mein Urgroßvater Michael Stocksiefen nutzte nach dem Krieg die Gunst der Stunde und gründete am 1. Juni 1945 eine Zimmerei in Troisdorf-Bergheim.

Zimmerei Stocksiefen mit Geschäftsführer Michael Stocksiefen (rechts), Anfang der 1950er-Jahre

Die erste Produktionsstätte in Troisdorf-Bergheim

## Vom Hinterhof zum Zimmerplatz

Die Geschichte begann in einem Hinterhof. Bereits in den ersten Jahren war das Auftragsbuch voll und die Firma wuchs, sodass schnell ein größeres Betriebsgelände nötig wurde. Den ersten richtigen Zimmerplatz gab es 1960 in der Pohlgasse in Troisdorf-Bergheim. Als Michael Stocksiefen im Jahre 1982 seine wohlverdiente Rente antrat, wurde die Geschäftsführung an die nächste Generation übergeben, an seinen Sohn Heinrich Stocksiefen.

Bereits 1989 übernahm mein Vater Heiner Stocksiefen die Firma, die Gründe werde ich später noch beleuchten. Er führte den Familienbetrieb in der dritten Generation erfolgreich weiter und konnte das Einzelunternehmen 1992 zur *Holzbau Stocksiefen GmbH* umstrukturieren.

Heinrich Stocksiefen (links) bei der Arbeit

Damit gingen zahlreiche Neuerungen einher; als traditioneller Zimmereibetrieb wurde ein Zeichen gesetzt, indem man den technischen Fortschritt nutzte und als erste Zimmerei in der Region Köln-Bonn eine vollautomatische Zuschnittsmaschine erwarb, womit wir Dachstühle und weitere Holzkonstruktionen präzise und maschinell (also in viel höherer Geschwindigkeit) herstellen konnten. Ein Gerät dieser Größe brauchte Platz, sodass die Firma abermals umzog, diesmal in eine Produktionshalle im Industriegebiet Troisdorf-Bergheim.

Firmengelände 1970 in Troisdorf-Bergheim, Pohlgasse

Durch die Vergrößerung nahm auch die Arbeit am Schreibtisch zu: 1999 wurde das Unternehmen durch meinen Onkel Michael Stocksiefen verstärkt. Dieser ist gelernter Industriekaufmann und konnte meinen Vater unterstützen, indem er die Gesamtleitung des kaufmännischen Bereichs übernahm. Auch dies gelang: Zum Jahrtausendwechsel expandierten wir erneut, dieses Mal nach Niederkassel-Mondorf in eine Halle, die auch für die neuen Betriebszweige des Holzhausbaus ausreichend Platz geboten hat.

Parallel dazu stand mit mir die vierte Generation in den Startlöchern. Im Jahr 2005 haben wir unser allererstes Holzhaus in Mondorf gebaut, ein Musterhaus, um den Kunden zu zeigen, dass ein Holzhaus auch ganz normal von außen verputzt werden kann, und dennoch das schöne Wohnklima durch den hohen Holzanteil im Innenraum vorhanden ist.

Der Effekt trat nicht ganz so ein, wie wir uns das vorgestellt hatten; viele der potenziellen Kunden interessierten sich eher für die Pelletheizung im Keller, und weniger für das, was wir ihnen eigentlich zeigen wollten. Das Haus hat aber dennoch seine perfekte Verwendung gefunden, da ich mittlerweile selbst mit meiner eigenen Familie darin wohne.

Mein Vater Heiner Stocksiefen an der vollautomatischen
Zuschnittmaschine, Anfang der 2000er-Jahre

*Holzbau Stocksiefen* war ebenfalls Vorreiter in der Region Köln-Bonn, weil wir – und das galt als Innovation – 2015 das erste 6-Familien-Wohnhaus komplett aus Holz gebaut haben. Wir konnten hier eine Marke hinterlassen und zeigen, was mit Holzbau alles möglich ist.

Seitdem wächst die Nachfrage jedes Jahr bei uns in der Region. Tätig sind wir im Rheinland, hauptsächlich in Bonn und dem Rhein-Sieg-Kreis. Überregionale Aufträge nehmen wir nur noch im Einzelfall an.

Firmengebäude im Gewerbegebiet
Niederkassel-Mondorf, 2024

# KAPITEL 6
# WARUM HOLZ DER BESTE BAUSTOFF IST

**Stellen wir uns ein paar Männer vor, die in einer Stadt in der Wüste sitzen und planen, dass sie ein Haus bauen möchten.** Groß soll es sein, ein Wolkenkratzer, mehrere hundert Meter hoch. Sie sitzen bei 40 Grad im Schatten in einem Café und entscheiden sich dafür, Beton zu verwenden. »Um den Beton anzumischen, brauchen wir Sand«, sagt der eine, und der andere bestätigt: »Genau, Sand! Um uns herum – so viel Sand! Das lässt sich schön günstig realisieren!«

Am Nebentisch sitzt ein fremder Mann, der das Gespräch verfolgt und sich mit freundlicher Miene einschaltet. »Die Herren ...«, beginnt er, »... ich befasse mich beruflich mit dem Bauen von Hochhäusern. Ich finde Ihr Anliegen sympathisch. Ein Gebäude in dieser Größe könnte als Büroraum fungieren, als Wohnstätte – und als Touristenattraktion! Wir würden Menschen aus der ganzen Welt begrüßen, die sich freuen, Land, Leute und die Kultur kennenzulernen. Nur einen Haken hat die Sache ...«

Die Männer waren begeistert davon, wie gut der Fremde ihre Pläne weiterdachte, waren aber auch gespannt, welche Problemstellung er skizzieren würde. »Den Sand, den wir um uns herum haben, können wir nicht verwenden. Er ist aufgrund der Winde und Stürme viel zu glatt und abgerundet und damit nutzlos für die Betonherstellung.

Die glatten Körner können nicht ineinandergreifen und eine feste Verbindung eingehen.« Den Männern entglitten die Gesichtszüge, Enttäuschung machte sich breit. »Was tun wir dann?«, fragte einer von ihnen. »Ich habe die Lösung«, grinste der Fremde. »Meine Kontakte nach Australien. Die geologischen Bedingungen sorgten für einen Sand, den wir verwenden können. 9.000 Kilometer von hier entfernt – aber wir können diesen importieren, auf großen Transportschiffen, die mit Schweröl betrieben werden.«

An dieser Stelle endet die Geschichte, die ich in ihrer Ausprägung etwas ausgeschmückt habe. Sicher fanden die Planungen für das Burj Khalifa anders statt. Doch der aktuell höchste Wolkenkratzer der Welt, der in Dubai steht, wurde letztendlich genau so gebaut: mit viel importiertem Sand aus Australien. In meiner Welt hat das nicht viel mit Nachhaltigkeit zu tun …

*

Nach jedem Urlaub und jeder Dienstreise freuen wir uns wieder auf unser Zuhause, das uns das Gefühl von Sicherheit und Geborgenheit gibt. Wir erfahren Liebe und Wärme, haben unsere Familie um uns herum und einen Ort, an dem wir Qualitätszeit verbringen.

Doch wie hat sich der Hausbau über die Jahre verändert und entwickelt?

In der Menschheitsgeschichte spielte der Rohstoff Holz schon immer eine bedeutende Rolle. In der Steinzeit nutzten Menschen dessen Vielseitigkeit als Werkzeug oder Baumaterial, die ersten Pfahlbauten lassen sich sogar bis ins fünfte Jahrtausend vor Christus zurückverfolgen. Holz war allgegenwärtig, neben Häusern bestanden auch Wagen, Werkzeuge, Schiffe und Alltagsgegenstände aus dem nachwachsenden Naturtalent.

Eine Folie vom Deutschen Holzwirtschaftsrat e. V. zeigt anschaulich, was passiert ist. Die Zeitleiste beginnt links, vor 350 Milliarden Jahren, der Kohlenstoffvorrat wurde im Erdreich gespeichert. Konventionelle Baustoffe funktionierten viele Jahrzehnte richtig gut, jedoch wissen wir heute, dass insbesondere die Betonherstellung extrem viel $CO_2$ freisetzt, wir also damit das Klima schädigen.

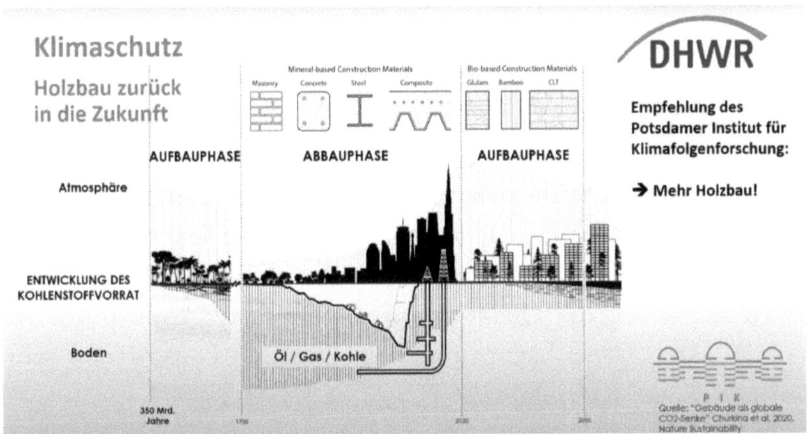


Den benötigten Wandel könnte unter anderem die Bauindustrie stemmen, indem wir uns stärker auf Holzbau fokussieren (Brettschichtholz, Bambus, Holzrahmenbau und so weiter) und damit erwirken, dass nicht noch mehr $CO_2$ unsere Erde belastet, sondern $CO_2$ sogar in den Gebäuden gespeichert wird!

Häuser werden wir ohnehin bauen. Es ist nur die Frage, ob wir klimaschädliche oder klimafreundliche Anstrengungen unternehmen – der Aufwand ist fast der gleiche.

Ohnehin kann der Mensch nur dann guten Gewissens in den Naturkreislauf eingreifen und sich etwas nehmen, wenn sichergestellt ist, dass das Genommene nachwächst, denn nur dann bleibt es ein ewiger Kreislauf. Bis zur industriellen Revolution handelte man nach diesem Grundsatz, doch dann entwickelten sich Beton und Stahl zu den dominierenden Baustoffen und drängten Holz zurück. Kalte und nasse Baustoffe wurden vermischt, Stein und Plastik waren günstiger in der Verarbeitung. Die Massen- und Fließbandarbeit der Industrialisierung verursachte einen Raubbau an unserer Umwelt und den natürlichen Ressourcen. Bei der Herstellung der Baustoffe entstehen $CO_2$-Emissionen, die der Natur schaden.

Natürlich war nicht alles falsch daran. Für Gebäude ohne Wohnanspruch wie Industriegebäude, Hallen oder Stadien war die neue Bauweise von Vorteil. Uns Menschen halfen auch große Maschinen in Hallen dabei, die Qualität und die familiäre Atmosphäre zu sichern. Aber wieso hat man damals auch den Baustoff für sein privates Zuhause verändert?

Zu Beginn des 21. Jahrhunderts gab es zwei einschneidende Ereignisse, die die Renaissance des Holzbaus einläuteten. Zum einen hat intensive Forschungsarbeit neue Holzwerkstoffe hervorgebracht, die neue Bauweisen mit Holz erlauben. Durch technische Innovation ist der traditionell stabförmige Baustoff, der aus dem Baumstamm gesägt wird, nicht mehr auf die Dimensionen des Baums beschränkt. Das wesentlich in Österreich entwickelte Brettsperrholz ist ein flächiges Holzprodukt. Mehrere kreuzweise übereinandergelegte und miteinander verleimte Holzlagen ergeben eine in mehrere Richtungen statisch belastbare Holzplatte, die als Wand, Decke oder Dach eingesetzt werden kann und damit neue Möglichkeiten eröffnet, insbesondere für das großvolumige, mehrgeschossige Bauen mit Holz.

Ebenso wurden neue Werkstoffe entwickelt, die die Vorteile von Holz mit den Vorteilen anderer Baustoffe kombinieren. So ermöglicht etwa die Holz-Beton-Verbunddecke, eine Holzdecke mit Aufbetonschicht, größere Spannweiten bei geringeren Deckenstärken und zugleich guten schall- und brandschutztechnischen Eigenschaften.

Zum anderen erfordert der Klimawandel ein Umdenken beim Bauen. Der Bausektor ist weltweit für rund vierzig Prozent aller Treibhausgasemissionen verantwortlich. Holz kann als Baustoff, der $CO_2$ bindet, wesentlich zu klimafreundlichem Bauen und einer Reduktion der Treibhausgasemissionen beitragen. Der Holzbau rückt daher zunehmend in das Interesse von Politik und Gesellschaft.

Industrie ist also temporär in Ordnung, aber kein langfristiges Zuhause für den Menschen. Die Lösung für dieses Problem kommt ›aus der Natur‹, mit einem Baustoff, den uns die Natur schenkt.

Eine der größten Herausforderungen ist es, dass wir unsere natürlichen Ressourcen beim Bauen von Häusern aus Kostengründen verschwenden. Im schlimmsten Fall erkranken wir sogar, weil die Baustoffe gesundheitsschädlich sein können, indem sie Allergien auslösen oder Krankheiten wie Asthma verursachen.

Mit Holz haben wir ein Baumaterial, das immer wieder nachwächst, $CO_2$ speichert, wiederverwendbar ist, nach vielen Jahren weiterhin gut aussieht und auch noch ein schönes warmes Wohnklima erzeugt. Es ist nachhaltig, weil es nur 35 Sekunden (!) dauert, bis das Material beziehungsweise das Holz für ein Einfamilienholzhaus von einer Größe von etwa 150 bis 160 Quadratmeter Wohnfläche in unseren Wäldern nachgewachsen ist.

Im Jahr 2020 wurden in Deutschland rund 85.000 Einfamilienhäuser gebaut. Hätte man all diese Häuser aus Holz gefertigt, hätte unser Wald gerade mal hundert Tage dafür gebraucht, um das Material zur Verfügung zu stellen.

Bauen mit Holz ist daher ein wichtiger Baustein beim aktiven Klimaschutz. In Holzhäusern bleibt das klimaschädliche $CO_2$ in Form von Kohlenstoff gebunden. Ein Einfamilienhaus aus Holz bindet rund 40 Tonnen $CO_2$. Das entspricht dem $CO_2$-Ausstoß eines mit Benzin betriebenen PKWs in 26 Jahren.

Und noch was: Holz wirkt beruhigend auf uns Menschen. Eine Studie aus dem Jahr 2003 belegt, dass sich der Mensch durch den Schlaf in einem Zirbenholzbett durchschnittlich 3.500 Herzschläge pro Tag erspart. Das entspricht etwa einer Stunde Arbeit fürs Herz.

*Unglaublich*, oder?!

KAPITEL 7

# FUCHS & ADLER: DIE MACHT DES DURCHHALTENS

**Bisher wirkt es wie eine Bilderbuch-Geschichte:** Der Urgroß-vater gründet, der Enkel übernimmt. Ende gut, alles gut!

Zahlreiche Rückschläge begleiteten mich jedoch auf meinem Weg. So habe ich mir anhören müssen, einen leichten Weg gewählt zu haben und mich auf dem auszuruhen, was meine Eltern und Groß-eltern über Jahrzehnte hinweg aufgebaut hatten. In all der Zeit habe ich mehr als einmal überlegt, aufgrund des Drucks hinzuschmeißen. Gemeinsam mit seinem Vater ein Unternehmen zu führen, das viele Jahrzehnte »auf dem Buckel« hat und zu einer echten Institution in der Region geworden ist, ist kein Zuckerschlecken und gelingt nicht von heute auf morgen. Es ist harte Arbeit, vor allem unter dem Anspruch, dem Betrieb seine eigene Handschrift zu verleihen und nicht einfach alles 1:1 zu übernehmen.

Dass heute alles in geregelten Bahnen läuft, ist das Ergebnis eines Prozesses, den mein Vater und ich durchleben mussten. Die Zeiten sind anders als damals, als er den Betrieb von wiederum seinem Vater übernommen hat. Es ist nicht möglich, von heute auf morgen zu sagen: »Jetzt mach' du mal, du schaffst das schon!« – es gehört mehr dazu.

Um das zu verdeutlichen, bemühe ich eine Fabel, in der zwei durs-tige Frösche auf einem Bauernhof umherhüpfen und versehentlich in einem Eimer voller Milch landen. »Toll!«, finden sie zunächst und wähnen sich im Paradies. Beide trinken die Milch und können ihren Durst löschen. Nach ein paar Minuten merken sie, dass sie aus dem Topf nicht mehr herauskommen, sie schaffen es nicht, sich an den aalglatten Wänden festzupressen. Einer der beiden Frösche ruft dem anderen zu, dass sie durchhalten müssen – entweder werden sie einen Weg finden, dem Eimer zu entkommen, oder sie werden von fremder Hand gerettet werden. Der andere Frosch ist nicht so optimistisch und entgegnet, dass er keinen Sinn darin sehe, zu kämpfen. Er wolle nicht schwimmen und sich seinem Schicksal ergeben, streckt alle Gliedmaßen von sich und ertrinkt. Der andere Frosch, der an den Überlebenswillen appelliert hatte, strampelt die ganze Nacht durch, immer in dem Glauben, dass er durch seine Bewegungen der Zwickmühle entkommen würde. Und tatsächlich: Am nächsten Morgen bildet sich ein Klumpen Butter, weil der Frosch die Milch an einer Stelle hat zirkulieren lassen. Dieser dient als Sprungbrett – er entkommt der Milchgefahr, und der Bauer findet eine Stunde später den anderen, toten Frosch am Grund des Eimers. Wir lernen: Nicht aufgeben und durchhalten! Das war immer meine Devise, und auch in diesem Fall einer der Gründe, warum es ein »Happy End« aus all den Schwierigkeiten gab.

*

2012 sah es gar nicht gut aus. Mein Vater und ich beschlossen, Externe auf unser Unternehmen und unsere Nachfolgersituation schauen zu lassen. Wir wollten Probleme und Fallstricke erkennen und entschieden uns für einen Verbund aus Zimmerleuten, Architekten und Ingenieuren, die allerhand Persönlichkeitstest mit uns machten, unsere Charaktere analysierten und uns im Anschluss Tipps geben sollten, wie wir den Übergang gut regeln können.

In der ersten Phase war das erfolgversprechend; es kam heraus, dass mein Vater ein »roter« Typ sei, ich hingegen ein »grüner«, und dass diese beiden Typen auf die richtige Weise zusammengeführt werden müssen. Was aber war die »richtige« Weise? Hier wurden wir allein gelassen und bekamen keine befriedigenden Antworten. Wir wussten, dass wir von der Arbeitsweise und vom Typ her unterschiedlich waren, aber nicht, welche konkreten Maßnahmen daraus erwachsen sollten.

Wie bringt man einen Adler und einen Fuchs gewinnbringend zusammen? Hierfür fanden wir in den Folgemonaten unsere eigenen Lösungen. Ein Element bestand in dem Vorteil, dass ich bereits meine Ausbildung in dem Familienbetrieb absolvierte und somit jeden einzelnen Arbeitsschritt auswendig kannte. Ich war »drin« in den Prozessen, in der Entwicklung, der Produktion, der Arbeit im Lager, der Rechnungserstellung, der Bedienung der Maschinen, der Mängelbeseitigung und dem Vermessen: Sämtliche Schritte waren mir geläufig, und so hatte ich den Überblick über das Gesamtkonstrukt.

Wichtig ist auch zu erwähnen, dass mein Vater, als er seinerzeit das Unternehmen übernommen hatte, einer völlig anderen Vertriebsstruktur ausgesetzt war. Im Jahr 2019 gab es andere Kunden und andere Vertriebswege; es gab das Internet, und auch das Auftreten in seiner Gesamtheit ist heute ein anderes als noch in den späten 1980er-Jahren. Damals gab es ein Leistungsverzeichnis, und der günstigste Anbieter bekam den Auftrag. Mein Vater ist in Neubaugebiete gefahren und hat Visitenkarten in die Baugruben geworfen, in der Hoffnung, dass der Bauleiter sie findet und er sechs bis acht Wochen später den Dachstuhl richten dürfte. Heute sind es in anderen Zeiten andere Mittel, die es zu bewegen gilt.

Nach und nach kristallisierte sich heraus, dass mein Vater und ich am besten arbeiten konnten, indem wir uns auf unsere Stärken konzentrierten und darin Kernkompetenzen ausbauten: Ich bin gerne mit Menschen zusammen, habe eine extrovertierte Ader und kümmere mich um alle Belange rund um den Vertrieb und die Schritte, die mit dem Kundenkontakt zu tun haben, während mein Vater zusammen mit unseren Mitarbeitern die Bauvorhaben entwickelte und leitete. Unsere Schwerpunkte überkreuzten sich häufig, sodass ich gelegentlich die Bauleitung übernahm und mein Vater am Telefon war. Ansonsten waren die Kompetenzen klar verteilt.

Nach Anfangsschwierigkeiten konnten wir unser Unternehmen weiter ausbauen und sogar den Gewinn steigern, nachdem wir einige Jahre auf der Stelle getreten sind. Die Rechnung, die Aufgaben anhand der Stärken zu verteilen, ging auf und motivierte uns dazu, auf diesem Weg voranschreiten zu wollen. Das Fokussieren auf die jeweiligen Stärken scheint mir eine Blaupause für so ziemlich jedes Unternehmen zu sein.

Es kostete wesentlich mehr Zeit, Geld, Aufwand und Energie, die eigenen Schwächen auszumerzen, als sich auf die eigenen Stärken zu konzentrieren, diese zu Profiniveau auszubilden und für alle anderen Sachen, die man nicht gut kann, Mitarbeiter einzustellen. Uns zumindest hat das Loslassen und Aufteilen nach vorne katapultiert; womit aber noch längst nicht alles ›Friede Freude Eierkuchen‹ war, wie sich im nächsten Kapitel zeigen wird …

# KAPITEL 8
# ZWISCHEN ZWEI WELTEN

Sollte man sich über Erfolge freuen dürfen? Wie sieht es aus, wenn man selbst Personalverantwortung für mehrere Mitarbeiter hat? Kommt man seiner Vor- und Leitbildfunktion nach, wenn man Erfolge feiert?

Über diese Fragestellung machte ich mir Gedanken, denn meine Eltern hatten einen anderen Blickwinkel darauf. Für mich war klar, dass man nicht nur einmal in fünfzig Jahren sein Firmenjubiläum oder seinen Berufsabschluss feiert, sondern dass sich Arbeit und Ausruhen abwechseln müssen, um die Motivation über längere Zeit zu gewährleisten. Meine Eltern argumentierten, es würde keinen guten Eindruck auf die Belegschaft machen, wenn der Anführer sich nicht zu jeder Sekunde seiner Wachzeit (außer im Sommer- und Weihnachtsurlaub) auch immer Gedanken um die Firma machen würde. Ich stellte die Erfordernisse auf den Prüfstand. Wollte ich das so? Sollte ich den vorgegebenen Weg weitergehen? Wäre es klüger, mir etwas komplett Eigenes aufzubauen oder anderweitig aus den Bahnen zu entkommen, die mich einzuengen schienen? Erfolge zu feiern war für mich eine Selbstverständlichkeit und keine Diskussion wert. Zwar war ich dankbar für jede Gegenperspektive, weil diese vonnöten sind, um sich an die Wahrheit heranzutasten, aber in diesem Fall sah ich mich zu 100 Prozent im Recht und mir schwante, dass sich derartige Debatten in Zukunft wiederholen könnten.

Es ist mir wichtig, die Botschaft in die Welt zu tragen, dass wir viel mehr mit Holz bauen und arbeiten sollten. Es steht viel auf dem Spiel, nicht weniger als die Zukunft unserer Nachfahren. Da ist doch ein Disput über eine Feierlichkeit nebensächlich. Oder über ein Hemd …

## Das weiße Hemd

Wir hatten ein weißes Hemd für unser Führungsteam organisiert; maßgeschneidert und mit einem speziellen Aufdruck versehen. Die Hemden sollten uns optisch vom Rest der Belegschaft abheben. Als ich mich mit meinem Exemplar vor den Spiegel stellte, wollte mein Vater sofort ein Feedback haben. Während ich mich kritisch beäugte, fragte er mich, ob mir der neue Look gefallen würde. »Da muss ich ja auch erstmal das Urteil von Sonja abwarten …«, begann ich meine Antwort. Das gefiel meinem Vater gar nicht, er herrschte mich an, ich müsse Entscheidungen selbst treffen können und könne mich nicht hinter anderen verstecken, gerade dann, wenn ich die oberste Führungsposition in seinem Unternehmen anstrebte.

Bumm – das saß. Mein Vater, der mir immer ein Vorbild war, knallte mir mit voller Wucht die Wahrheit ins Gesicht. Er tat dies aus Liebe, wollte mir Gutes tun, aber in dem Augenblick fühlte es sich an, als würde das gesamte Gerüst zusammenbrechen. Natürlich ging es nicht um das weiße Hemd, im Zweifel sah das gut aus, auch Sonja hatte später nichts einzuwenden. Ich habe nun mal kein Auge für Design und Kleidung, mir sind andere Sachen wichtiger und ich halte es für klug, in diesen Fragen Experten zurate zu ziehen. Die Streitsituation um das Hemd stand sinnbildlich für meine Zweifel, ob ich den vorgezeichneten Weg weitergehen, den Maßstäben meiner Eltern nachjagen oder selbst nicht auch neue Grenzen setzen wollte.

Essenziell lag der Scheidepunkt in der Frage, wie weit ich meine eigene Handschrift in die Firma einbringen konnte. Mein Gedanke war, *Holzbau Stocksiefen* keiner Revolution, jedoch einer *Modernisierung* zu unterziehen. Wenn man die Belegschaft als Fußballmannschaft sieht, so ergibt es Sinn, jeden Spieler auf die Position zu setzen, auf der er stark aufspielen kann. Durch den Einfluss meiner Eltern hatte ich den Eindruck, dass diese Regel manchmal durchbrochen werden würde. Musste ich jede Tradition von vor 50 Jahren übernehmen? Oder ist es in Ordnung, eigene Punkte zu markieren und selbst zu bestimmen, dass der Jahresabschluss gefeiert wird, und zwar mit der kompletten Belegschaft? Ich fragte mich, wie viel Gestaltungsfreiheit mir tatsächlich eingeräumt werden würde. Zu behaupten, ich hätte freie Hand in gewissen Strukturierungsfragen, ist das eine ... das andere ist, diese freie Hand auch wirklich zu fördern und mitzutragen, teilweise gegen den eigenen Geschmack oder die alte Tradition.

## Erfolge feiern

Das Erfolge-feiern-Beispiel eignet sich gut, um meine Gedanken darzulegen, denn als Heranwachsender wurde mir regelrecht eingeimpft, dass es schlecht sei, Erfolge zu feiern. Das sehe ich anders: Wir brauchen Feiern. Die Qualität der Arbeit und die Motivation der Mitarbeiter sinken, wenn an jedem Arbeitstag zu einhundert Prozent nur streng die Arbeitsleistung erwartet wird. Wir leben in einer bipolaren Welt; es gibt Tag und Nacht, männlich und weiblich, Sommer und Winter, Leben und Tod. Neben der *An*-spannung gibt es eben auch die *Ent*-spannung, und beide Seiten bedingen einander. Wer niemals entspannt, erfährt kein Wachstum. Wenn der Bizeps jeden Tag ohne Pause mithilfe von Hanteln trainiert wird, erhöht sich die Verletzungsgefahr und die Muskeln bekommen nicht den Raum, in dem sie wachsen können.

Wer von 250 Arbeitstagen keinen einzigen davon auch mal etwas ruhiger angehen lässt, der glaubt auch, er könnte sein Leben lang wach bleiben, ohne sich auch nur eine Minute schlafen zu legen.

Erfreulicherweise hat sich diese Blockade gelöst. Bei der Fußballweltmeisterschaft 2014 in Brasilien ist die deutsche Nationalmannschaft Weltmeister geworden – es reichte ein 1:0 Sieg im Finale gegen Argentinien. Der Sieg war ein grandioser Erfolg, der in die Geschichtsbücher eingegangen ist. Ob es am Ende ein 5:0 oder ein knappes 1:0 war, ist sekundär; wichtig ist, dass überhaupt gewonnen wurde. Ein Erfolgscoach nannte das mal: »Fertig ist besser als perfekt«, was natürlich nicht auf alle Lebensbereiche zutrifft. Wenn wir ein Holzhaus konstruieren und aufbauen, muss alles perfekt sitzen. Aber wenn es um unternehmerische oder persönliche Schritte geht oder darum, gewisse Ziele zu erreichen, muss nicht immer alles zu 100 Prozent glattgeschliffen sein – manchmal genügen auch 97 Prozent.

Mittlerweile sind einige Jahre vergangen und ich habe den Eindruck, dass die von mir eingebrachte neue Note Anklang findet. Ich bin ein Fan von Disziplin, harter Arbeit und Verlässlichkeit, aber auch Transparenz ist mir wichtig, und dass der Chef kein ›harter Hund‹ ist, sondern respektiert und angesehen wird, zu dem Mitarbeiter aber auch kommen können, wenn sie ein persönliches Anliegen haben. Mein Einfluss machte sich auch bemerkbar, als wir 2015 eine große Feier gemacht haben. Zusätzlich zum Firmenjubiläum (2015 gab es *Holzbau Stocksiefen* ganze siebzig Jahre lang!) haben wir auch die Ehrung der neuen Gesellen sowie die Übergabe meiner Firmenanteile gefeiert.

An diesem gelungenen Abend hatte ich den Eindruck, dass auch meine Eltern überzeugt waren, dass es beflügeln kann, Erfolge nicht nur stumm hinzunehmen, sondern ihnen einen gewissen Raum zu geben. Der ehemals schüchterne Jüngling erkämpfte sich seine Autorität und überwand einige Widerstände, um eigene Akzente zu setzen und diese zur Entfaltung zu bringen.

**Wer Ansagen macht, ohne sie einzuhalten, verliert den Respekt und setzt seine Führungsrolle aufs Spiel.**
**Es geht nicht um Härte, sondern um Verlässlichkeit, Transparenz und Loyalität.**

Mir half dabei ein Werkzeugkoffer an Methoden und Maßnahmen, den ich auf den folgenden Seiten vorstellen werde.

Es wird um *Kommunikation* gehen, um *Wachstum* – und *Inlineskates!*

## KAPITEL 9
# DER INLINER UND DER DÜSENJET

**Ich erinnere mich, wie ich vor ein paar Jahren mit meinen Inlinern am Rhein entlang von Mondorf bis in die schöne Rheinaue nach Bonn fuhr, und währenddessen über mich, meine Familie und das Leben im Allgemeinen nachdachte.**

Ich möchte über Fortentwicklung der eigenen Persönlichkeit sprechen. Für mich ist ein essenzieller Bestandteil des Lebens die Tatsache, dass wir *wachsen*, uns *verändern*, *voranschreiten* und das Alte *hinter uns lassen* können. Nicht nur unsere Zellen erneuern sich im Laufe unseres Lebens, sondern auch unsere Persönlichkeit. Wo kein Wachstum, da ist Stillstand, und dieser ist gleichzusetzen mit dem Tod. Wer ewig in seiner Komfortzone bleibt, vergeudet das Potenzial, das ihm bei der Geburt geschenkt wurde. Wie dieses Wachstum aussieht, lässt sich nicht von außen bestimmen oder beurteilen. Es gibt kein »Richtig«; nicht jeder Mensch auf diesem Planeten muss eine 180-Grad-Wendung vollziehen und sich komplett zu einem anderen Charakter hin verändern. Ich sehe das an unseren Kindern; in ihren jungen Jahren lernen sie so viel und probieren so viel aus, dass ich entsetzt darüber bin, wenn ich mir vorstelle, dass wir ihnen Dinge nicht ermöglichen oder gar verwehren würden. So ähnlich sehe ich das auch bei uns Erwachsenen, wenngleich es bei denen nicht mehr darum geht, neue Talente zu entdecken und auszuleben, sondern das gegenwärtige Leben zu meistern.

Im Eingangskapitel habe ich von Christopher erzählt. Wir trafen uns auf der Hochzeit meines Onkels Michael wieder; zu dem Zeitpunkt bauten wir gerade das Sechs-Familien-Holzhaus in Mondorf und er sagte, er wolle sich das gerne mal ansehen. Das tat er dann auch und war sofort Feuer und Flamme für unser Produkt und begann uns zu unterstützen und zu begleiten. Von Christophers Weltanschauung war ich beeindruckt und auch von seiner Arbeitsweise. Aus diesem Grund entschied ich mich, in mich selbst zu investieren und eine Weiterbildung zu besuchen, ein Kommunikationstraining. Nicht nur in Bezug auf meine persönliche Lebensführung, sondern auch im Hinblick auf die Übernahme der Firma und die Zusammenarbeit mit meinem Vater war das eine Entscheidung, von der ich heute sagen kann, dass sie sich doppelt und dreifach ausgezahlt hat.

In diesem Training schaffte ich im ersten Schritt Klarheit darüber, wer ich bin, was ich will, was meine Werte sind und welche Ziele ich mir für dieses Leben setze. Im zweiten Schritt lernten wir die Muster verschiedener Persönlichkeitstypen kennen. Dieses Wissen liefert den Nährboden für die Fähigkeit, Leute auf den Positionen zu besetzen, die eben für genau diese Position auch wirklich geeignet sind. Weder dem Unternehmen, der Belegschaft noch dem Einzelnen selbst wäre geholfen damit, sie einfach irgendwo zu platzieren. Der talentierte Torwart sollte ins Tor, nicht in den Mittelsturm.

Auch ging es in dem Seminar darum, Eigenschaften wie Robustheit und Widerstandsfähigkeit auszubilden. Sich nicht vom Leben wie ein Fähnchen im Wind umherwehen zu lassen, sondern standfest zu sein, zu sich zu stehen und mit den Widrigkeiten des Lebens umgehen zu können.

 **Persönlichkeitsentwicklung ist der Prozess des Selbstwachstums, bei dem Individuen ihre Fähigkeiten, Werte und Verhaltensweisen bewusst reflektieren und verbessern.**

Zu den Inhalten gehörte das Setzen von Zielen und der dazugehörige ›Fahrplan‹. Es genügt nicht, zu sagen, dass ich abnehmen möchte – was heißt das konkret? Wie viel Kilogramm in welcher Zeit? *Warum* abnehmen, was verspreche ich mir von dem Ergebnis? Besteht der Plan aus achtsamer Ernährung oder viel Sport? Sollen meine Bauchmuskeln zu sehen sein oder reicht es, wenn ich auf der Waage einen niedrigeren Wert angezeigt bekomme? Was ist Schritt eins, Schritt zwei, Schritt drei? Der Traumkörper ist nur eine von unzähligen Möglichkeiten. Ein Ziel kann sein, wohlerzogene Kinder großzuziehen, eine erfüllte Partnerschaft zu leben oder eine Weltreise zu machen. Es gibt eine Fülle an ehrbaren und erstrebenswerten Zielen – wichtig ist, dass sie zu den eigenen Werten passen.

Die eigenen Werte zu kennen ist eines der Grundfundamente der Persönlichkeitsentwicklung. Wer nicht um seine Kernwerte weiß, flattert wie ein Winddrachen umher, ohne zu wissen, in welche Richtung es gehen soll.

*Es ist nicht schwer, Entscheidungen zu treffen,*

*wenn du erst weißt, welche deine Werte sind.*

(Roy E. Disney (Neffe von Walt Disney))

Die Methoden aus der Persönlichkeitsentwicklung helfen bei der Entwicklung von Strategien, die wiederum das Gerüst geben, um Steine aus dem Weg zu schaffen. Jede dieser Herausforderungen ist wie eine Prüfung. Ist der Wille groß genug, sie zu lösen? Oder knickt man bei der ersten Hürde ein? Wir bedienen uns an Konzepten und Techniken, die den persönlichen und beruflichen Erfolg stützen.

**Bei der persönlichen Weiterbildung und -entwicklung niemals geizen! Kaum etwas zahlt sich so vielfach aus wie das Investment in sich selbst.**

# KAPITEL 10
# LEBEN, LIEBEN, LERNEN

**Zu Beginn des Jahres 2018 sollte mir das Kommunikationstraining neue Impulse bringen.** Ich buchte einen Kurs in Bergisch Gladbach-Bensberg, Christopher hatte mir erzählt, der Kurs wäre in mehrere Module unterteilt, und dass ich jeden Monat ›antreten‹ müsse, die Zeit sehr intensiv sei und sich Inhalte und Technik von Woche zu Woche steigern würden. Für mich hörte sich das im ersten Augenblick unglaubwürdig an. Als ich mich anmeldete, stellte ich aber fest, dass er recht hatte: Es gab jeden Monat ein Modul, meist von Donnerstag oder Freitag bis Sonntag. Zeit, die ich mir neben meinem Beruf und neben meiner Familie genommen habe.

Die Inhalte hauten mich um, mit jeder Sitzung ergaben sich lebensverändernde Erkenntnisse für mich. Ich erkannte, dass ich ab sofort Situationen aus zwei Perspektiven sehen kann. Das nahm mir einen Großteil des Drucks; zu erkennen, dass ich immer *mehrere* Optionen zur Verfügung habe und gut daran tue, einen kühlen Kopf zu bewahren und mich für die ›beste Option‹ zu entscheiden. Dieses grundlegende Wissen half uns bei unserer Unternehmensnachfolge, bei der zwei Menschen mit unterschiedlichen Persönlichkeitstypen aufeinandertrafen. Es ist wichtig, auf sie einzugehen und ihre Bedürfnisse zu ermitteln, ansonsten kommt es zu Kollisionen oder Streit. Ärger, der einem Missverständnis entspringen kann und allen Beteiligten Zeit, Nerven und Energie raubt. In den meisten Fällen läuft es also auf ein Kommunikationsproblem hinaus.

Das Kennenlernen war der wohl wichtigste Teil, vermutlich auch der unterschätzteste. Wir begannen 2012 und es dauerte bis 2018, also mehrere Jahre, bis auch die letzten Zahnräder ineinandergriffen. Dieser Prozess kostet Geld – nicht nur die Ausbildung, sondern auch, weil sich innerbetrieblich Prozesse verändern können. Man muss mit sich selbst im Reinen und klar darüber sein, wohin das Schiff steuern soll, ehe man Ziele definiert. An dieser Stelle zitiere ich meinen Kommunikationstrainer Gary Schell:

*Wir alle sind Fragmente*

*unserer bisherigen Lebenserfahrungen.*

… und das unterschreibe ich zu einhundert Prozent! Je nachdem, welche Eltern, Erzieher, Lehrer, welche Schicksale alle diese Menschen und auch man selbst hinter sich herzieht … All diese Elemente sind kleine Ursachen der Situation, wie wir sie im Hier und Jetzt vorfinden. Die Persönlichkeitsentwicklung liefert Techniken, mit denen sich diese Fragmente und Erfahrungen ins Positive wenden lassen, mit denen man sich seinem Schicksal nicht hilflos ausgeliefert fühlt, sondern proaktiv die nächsten Schritte angeht. Allein das Gefühl, die Macht und die Kontrolle über sein eigenes Leben zu haben, hat auf viele bereits eine beflügelnde Wirkung.

Hier möchte ich erneut ein Beispiel von Gary anbringen. Eines Morgens fragte er in die Teilnehmerrunde: »Wie glücklich fühlt ihr euch heute, gerade jetzt, in diesem Augenblick? Auf einer Skala von eins bis zehn?« Manche Teilnehmer antworteten mit »sechs«, andere mit »acht«, nur wenige mit »zehn«.

Gary hat denjenigen, die mit einer Zahl unter dem Wert neun geantwortet haben, folgende Fragen gestellt: »Seid ihr gesund?« – die Antwort darauf lautete: »Ja.«

Er: »Habt ihr genug zu essen?«

Die Antwort darauf lautete wieder: »Ja«

»Habt ihr ein Dach über dem Kopf, wenn ihr nach Hause geht? Oder … wohnt ihr in einem Kriegsgebiet?« – die Antwort war wieder vorgezeichnet. Natürlich lebten wir Teilnehmer nicht in einem Kriegsgebiet und wir hatten alle ein Dach über dem Kopf und genug zu essen. Und trotzdem erlauben wir uns häufig selbst nicht, glücklich zu sein und uns die Note 10 zu geben.

Seitdem lebe ich mein Leben jeden Tag so, dass ich mich darüber freue, genug zu essen zu haben, in einem Land zu leben, in dem Frieden herrscht, gesund zu sein und Frau und Kinder zu haben. Diverse Alltagsproblemchen wirken dadurch schon wesentlich kleiner.

Zuletzt noch ein paar Worte darüber, wie ich mich in meinem Leben stets am schnellsten entwickeln konnte. Letztendlich fuhr ich immer gut damit, auf mein Bauchgefühl zu hören. Ich erinnere mich zum Beispiel daran, dass ich als Kind nicht zum Eishockey konnte. Die Halle war zu weit weg und es war nicht möglich, mich jede Woche zum Training zu fahren. Von 2012 bis 2023 lebte ich diesen Sport im Erwachsenenalter aus, und mir war wichtig, die Freiheit zu haben, neue Dinge zu tun. Das Gleiche erlebte ich, als es um meine Berufswahl ging. Mein Vater empfahl mir das Studium, doch mein Bauch meldete sich. Hinterher respektierte ich dann meine Intuition und holte den Meisterlehrgang nach. Zwar später als geplant, aber immerhin mit Bravour. Die Intuition, der kleine Lautsprecher der inneren Stimme im Ohr, liegt meistens gar nicht so falsch; es erfordert Mut, dieser Stimme nachzugehen.

Für meine Freizeit habe ich das Wandern und das Reiten für mich entdeckt, zu dem mich meine Frau inspiriert hat. Oder dass ich beruflich verschiedene Verkaufs- und Technikschulungen durchlaufen habe. Das Kommunikationstraining natürlich auch. Immer dann, wenn ich mich aus meiner Komfortzone herausgewagt habe, konnte ich das schnellste Wachstum erzielen. Das ist auch das, was ich in diesem Kapitel transportieren und wozu ich aufrufen möchte: Häufiger raus aus der Komfortzone! Die Komfortzone ist die Gesamtheit aller Situationen, in denen wir uns wohlfühlen, in denen wir nicht gefordert werden und in denen wir es warm und gemütlich haben. Ein schöner Zustand, mit dem Nachteil, dass wir nicht wachsen, solange wir uns in der Komfortzone befinden.

Die Abbildung zeigt einen Kreis, außerhalb davon einen Punkt. Daneben gibt es Pfeile, die beschriftet sind mit: »Dein Leben beginnt außerhalb des Kreises, und zwar an diesem Punkt« – und der Pfeil zeigt eben auf den außenstehenden Punkt.

Diese Metapher zeigt: »Willst du das wahre Glück finden, musst du deinem Schneckenhaus entkommen!« – vielleicht nicht jeden Tag, aber immer häufiger.

Das trifft auf verschiedene Lebensbereiche zu: Der Alleinstehende, der einen Partner sucht, muss fremde Menschen ansprechen, um jemanden kennenlernen zu können. Also: Raus aus der Komfortzone! Der Arbeitsuchende muss Bewerbungen schreiben und sich bei einem Vorstellungsgespräch präsentieren, um Arbeit zu finden. Also: Raus aus der Komfortzone!

**Nur wer sich regelmäßig aus seinem Schneckenhaus wagt, erzielt Fortschritte. Sinnvoll ist, sich eine Liste zu bilden mit Herausforderungen, von denen man glaubt, sie werden einen weiterbringen, und diese abzuarbeiten.**

## KAPITEL 11
# PROBLEME BEI
# DER ÜBERNAHME

Die Übernahme der Firma verlief nicht ohne Probleme. Mein Vater und ich weisen verschiedene Persönlichkeitstypen auf, wir bringen unterschiedliche Stärken und Schwächen mit und sind mit unterschiedlichen Motivationen an die Sache herangegangen. Nichts davon ist per se gut oder schlecht; wir spürten beide, dass es einen Plan bedarf, um die Aspekte gewinnbringend zusammenzufügen. Mein Vater muss sich damals wie ein japanischer Krieger gefühlt haben, als der Zweite Weltkrieg beendet war. Während des Krieges wurden etliche Garnisonen auf verschiedene kleine japanische Inseln im Pazifik beordert, mit dem Auftrag, dem Feind im Angriffsfalle entgegenzutreten. Traurigerweise wurden die Soldaten nach dem Krieg dort ›vergessen‹; der Krieg war bereits beendet, als sie von dort zurückgeholt und in die normale Gesellschaft eingegliedert wurden.

Spannend war aber der Verlauf: Jeder einzelne Soldat musste an die neuen Verhältnisse gewöhnt werden. Viele Jahre in Kriegs- und Kampfbereitschaft hatten ihre Spuren hinterlassen. Die Soldaten zogen sich noch immer ihre Uniformen an, gewohnte Muster wurden nicht gleich abgelegt. So ähnlich muss sich auch mein Vater gefühlt haben. Sicherlich war er kein bewaffneter Soldat, aber er hat sich mit den Eigenschaften eines Kriegers in seine persönliche Schlacht geworfen, gleich mehr dazu.

Er hätte sich nicht mit weniger zufriedengegeben, und als es an die Übergabe der Firmenanteile ging, musste er lernen, einen Gang runterzuschalten und gewisse Aufgaben abzugeben.

Wir dürfen uns unserer Werte bewusst werden, damit wir unsere Handlungen nach ihnen ausrichten können. Wer ohne Richtung segelt, landet »irgendwo« – wer hingegen weiß, worauf er abzielt, gibt seinem Schiff einen klaren Kurs mit. Im Laufe des Kommunikationsseminars habe ich meine eigenen Werte eruiert. Sicherheit, Zeit mit der Familie zu verbringen, vital und fit bleiben, Geborgenheit und Ehrlichkeit sind die Werte, die mein Leben flankieren, so wie auch die Nachhaltigkeit, zu der ich mit unserer Firma einen Beitrag leisten möchte, damit auch unsere Nachfahren noch einen ökologisch stabilen und lebenswerten Planeten vorfinden.

Mein Vater teile diese Werte womöglich auch, sie setzten sich aber aufgrund seiner Biographie anders zusammen. Für ihn gab es damals drei Gründe, die Firma zu übernehmen: Zum einen erlitt er einen schweren Schicksalsschlag, der unsere Familie erschütterte. Als er Anfang 20 war, starb sein Vater an Krebs. Die Krankheit trat plötzlich auf und schlug unerbittlich zu. Auf einmal war er auf sich allein gestellt und musste nicht nur für sich, sondern auch für seine Mutter, seine Schwester und seinen Bruder sorgen. Er erzählte mir mal, dass es sich damals anfühlte, als würde er wie der einsame Krieger in eine Schlacht ziehen – und man muss sagen, dass er sich nicht nur »gut geschlagen« hat, sondern dass er diese Schlacht sogar so gut gewinnen konnte, dass wir heute noch davon zehren können. Durch den Auf- und Ausbau der Firma hat er nicht nur sich selbst, sondern auch vielen anderen Menschen eine Lebensgrundlage geschaffen. Unseren vielen Mitarbeitern, aber auch den Kunden, denen er tolle Objekte aus Holz ermöglicht.

Der zweite Teil seiner Motivation betraf seine Schwester. Diese habe, so erzählte er, ihm früher in einem Streitgespräch an den Kopf geworfen, dass er es »sowieso niemals schaffen« würde, die Firma zu übernehmen. Diese Aussage verletzte ihn, andererseits kitzelte sie seinen Ehrgeiz. Sie ist inzwischen leider gestorben und wir haben nicht rekonstruieren können, wie sie über den Werdegang und die Entwicklung gedacht hat. Der dritte Grund ist banal: Er hält die Firma am Laufen, um sich und seinen Liebsten ein gutes Leben zu ermöglichen und den ein oder anderen Wunsch erfüllen zu können. Ich für meinen Teil verstehe, dass ich in anderen Zeiten aufgewachsen bin; in einem Deutschland, das sich wirtschaftlich gut entwickelt hat und bisher keiner unmittelbaren Kriegsgefahr ausgesetzt war. In einem Land, in dem wir in der Schule von unseren Lehrern nicht mehr geschlagen werden und in einer Zeit, in der sich immer mehr Menschen fragen, was ihr persönliches »Warum?« ist, also die Kernmotivation hinter all ihren Anstrengungen.

Mein eigenes ›Warum?‹ gründete sich nie auf dem Wunsch, steinreich zu werden. Ich hatte stets, was ich brauchte, und merkte schnell, dass mich mehr Geld nicht glücklicher machen würde. Vielmehr wollte ich mit Holz arbeiten, aber nicht nur das; ich möchte auch einen Unterschied machen. Die Schülerproteste, die sich 2019 formiert haben, haben mich ins Nachdenken gebracht; ich wollte nicht nur vor mich hin werkeln, sondern die Welt zu einem besseren Ort machen. Weiter hinten in diesem Buch werde ich erklären, warum Holz einer der geeignetsten Baustoffe ist, mit dem wir unsere Klimaziele erreichen können. Am Ende steht also meine Vision, meine Marke zu hinterlassen, indem wir nachhaltig produzieren und wirtschaften und damit dafür sorgen, dass wir auch noch in 200 Jahren Freude damit haben, die Erde zu bewohnen.

Vom großen Bild zur Einzelperson: Ich mag es, Menschen dabei zu unterstützen, sich mit einem eigenen Haus die ›Krönung‹ ihres Lebens zu realisieren. Ich liebe das Gefühl, mitten in der Natur zu sein, während das Haus gebaut wird – und meistens bringt auch genau dieses Gefühl unsere Kunden dazu, sich für ein Holzhaus zu entscheiden. Natürlich möchte ich auch ein Einkommen haben, mit dem ich meine Familie gut ernähren kann, und dass für uns das Erfüllen diverser Wünsche und Träume ›drin‹ ist. Aber es ist aus einer Reihe von Gründen nur an vierter oder fünfter Stelle. Größer ist mein Wunsch, das Handwerk zukunftsfähig zu halten. Zwar gibt es immer mehr Maschinen, aber es wird immer Menschen geben müssen, die auf der Baustelle Hand anlegen – und diese Zukunft gestalte ich aktiv mit.

*Geld ist das natürliche ›Abfallprodukt‹ von Erfolg.*

Einer meiner Mentoren formulierte dies einst so und meinte damit, dass Geld nebenbei ›abfällt‹, wenn die Probleme von Menschen gelöst werden. Geld geben Menschen nur dann aus, wenn das, was sie dafür kriegen, mehr wert ist als die Summe, die sie dafür investieren müssen. Wenn man seinen Job nur des Geldes wegen macht, bleibt man auf der Stelle. Alle erfolgreichen Menschen, die glücklich sind mit dem, was sie machen, und damit auch viel Geld verdienen, sehen sich persönlich auf einer Mission, die Welt zu einem besseren Ort zu machen. Sie stehen nicht morgens auf, um noch mehr Geld zu scheffeln, sondern weil sie eine tiefere Motivation für das empfinden, was sie tun. Damit kann ich mich identifizieren. Ich möchte in meiner Arbeitsweise und mit den Produkten, die ich verkaufe und vertrete, zu 100 Prozent authentisch sein. Für mich weiß ich, dass ich das niemals sein könnte, wenn ich etwa Steinhäuser oder Stahl oder irgendwas verkaufen müsste, weil ich mit dem Holzhaus weiß, dass es ein Naturprodukt ist, mit dem ich mich gut und authentisch fühle. Natürlich hat dieser Aspekt Auswirkungen auf die Führung. Als mein Vater anfing, liefen die Prozesse noch anders. Dachstuhl und Carports waren die angebotenen Produkte, und eigentlich brauchte man nur Holz und ein paar Befestigungsmittel, ansonsten war alles vorgegeben in den statischen Berechnungen. Dadurch war es möglich, dass alles nur über ihn funktionierte: Er kannte die Baustellen, hatte das Material im Blick, die Kunden und ihre Rechnungen, jeder Prozess lief über ihn und seinen Kopf, es gab keine Dokumentationen, wie es heute üblich ist.

Im Jahr 2023 gibt es einen anderen Führungsstil, spätestens seitdem ich alleiniger Gesellschafter und Geschäftsführer bin. Früher hat mein Vater sinngemäß kommuniziert: »So wird's gemacht — entweder handelt ihr danach oder ihr habt Pech gehabt!«

Heute ist es ein kollegialerer Umgang, ein Prozess, den man miteinander bewältigt. Wir leben in einem anderen Zeitalter, das beinah freundschaftliche Verhältnis zu den Mitarbeitern möchte ich nicht mehr missen und es wäre auch bei unserer Unternehmensgröße gar nicht mehr möglich, sich alles alleine zu merken und zu handhaben.

Auch hier zeigt sich wieder, dass es sinnvoll ist, dass jeder das tut, was er am besten kann, nicht nur in der Führungsetage, sondern auch bei den einzelnen Mitarbeitern.

## KAPITEL 12
# EINZELKIND

**Auf den vorangegangenen Seiten könnte der Eindruck entstanden sein, die Arbeit an der eigenen Persönlichkeit wäre sehr ich-bezogen.** Ist der eigene Vorteil wirklich das, was es um jeden Preis zu erreichen gilt? Im Gegenteil! Mit dem Verfolgen des Eigeninteresses wird jedoch meist auch ein Dienst an Menschen verrichtet, mit denen man selbst viel zu tun hat. Man muss erst mit sich selbst im Reinen sein, bevor man anderen Menschen helfen kann. Das musste ich erst lernen, da ich als Einzelkind früher immer davon ausging, alles alleine hinkriegen zu können. Auf Dauer gelingt das nicht; durch Fortbildungen und Schulungen, vor allem aber durch andere Menschen entwickelt man sich weiter, erweitert seinen Horizont und kann Ziele erreichen, die alleine nicht erreichbar gewesen wären.

Ein wichtiger Teil des geschäftlichen Erfolgsrezepts besteht darin, gute Partner zu haben, also Mitarbeiter und Kollegen, die das Interesse teilen, die Firma erfolgreich zu machen. Nicht nur in der eigenen Firma zahlt sich das »Miteinander« aus; wir nehmen mittlerweile regelmäßig an Frühstück mit anderen Unternehmern teil und veranstalten Netzwerkrunden, um unseren Kunden noch bessere Partner anbieten zu können. Mein Vater hat das früher nicht gemacht, er ging immer davon aus, dass man seine Firma nicht ordentlich führen könnte, wenn man Zeit für ›so etwas‹ hätte. Die komplette Denkweise über dieses Thema hat sich verändert.

Wer nicht mit der Zeit geht, geht mit der Zeit. Wir profitieren von unserem regelmäßig gepflegten Netzwerk, das uns dabei hilft, die Qualität zu sichern. Apropos: Mein Vater war damals der Erste bei uns in der Region, der eine Maschine für den automatischen Holzzuschnitt gekauft hat. Er war auch der Erste, der ein Sechsfamilienhaus komplett aus Holz gebaut hat. Das waren Schritte ins Ungewisse, niemand wusste, ob das klappen würde, aber er hat es ausprobiert, etwas riskiert, seine Komfortzone verlassen – und ist dafür belohnt worden!

Die Komfortzone zu verlassen ist kein Garant zum Erfolg. Es kann sein, dass ich einen ›Korb‹ kriege, wenn ich als Single auf eine fremde Person zugehe und sie kennenlernen möchte. Scheitern gehört dazu! Ohne die Komfortzone zu verlassen, bestünde gar nicht erst die Chance, dass die Unterhaltung einen positiven Ausgang nehmen würde. Das Konzept findet also nicht nur im Bereich der Partnersuche Anwendung, oder im Geschäftlichen – sondern überall im Leben.

Mein Vater war für mich immer ein Vorbild. Bei der Studienwahl habe ich mich von ihm beeinflussen lassen, sogar über mein eigenes Bauchgefühl hinweg, weil ich ihm blind vertraute. Er wirkte für mich stets unfehlbar, als würde er alles können. Er zog damals wie ein Krieger in die Schlacht, aber natürlich steckt auch hinter der Fassade ein Mensch mit Gefühlen und Liebe für seine Familie. Ein Unternehmen kann nur dann über so lange Zeit erfolgreich geführt werden kann, wenn der Inhaber sein Herzblut einfließen lässt.

Dass die Firmenübernahme nach einigen Anfangsschwierigkeiten doch noch so gut geklappt hat, ist übrigens nicht selbstverständlich. Es war ein Glücksfall, dass mein Vater von Anfang an offen für die Hilfe von außen war.

Ich kenne Betriebe, in denen der Inhaber bereits über 70 und der Sohn über 40 ist, und die beiden haben sich noch nicht darüber geeinigt, wer wann zu welchem Zeitpunkt welchen Teil der Firma übernimmt. Das hat dann auch immer etwas mit Visionen zu tun: Wo soll die Firma in zehn oder zwanzig Jahren stehen? In diesem konkreten Fall spielt es auch eine Rolle, dass der Inhaber, also der Vater, nicht richtig loslassen kann; die Firma ist sein zweites ›Baby‹, und natürlich fällt es ihm schwer, dieses wegzugeben, solange er selbst noch fit und vital ist. Auch hier habe ich Glück gehabt. Mein Vater hatte von Beginn an das Interesse an einer reibungslosen Übernahme.

## KAPITEL 13

# DIE BIENE, DIE ERDE, DAS LEBEN

**Einen Hund muss man nicht erst überzeugen, dass er fressen soll, und auch Vögel holen sich in der Früh wie selbstverständlich ihre Würmchen.** Diese Vorgänge sind in ihre DNA ›einprogrammiert‹. Sieht die Katze eine Maus, weiß sie instinktiv, was zu tun ist; sie lässt sich nicht beirren und jagt der Maus nach.

Bei uns Menschen sieht das leicht anders aus. Wir haben einen freien Willen, können uns für oder gegen eine Option entscheiden, unser eigenes Verhalten reflektieren und uns zu anderen Menschen in Bezug setzen. Wir sind nicht »triebgesteuert« oder instinktgeleitet, wie Tiere es sind, aber auch wir haben Anlagen, die unser Verhalten vorherbestimmen. Ob wir atmen, können wir nicht steuern, und auch nicht, zu welchen Menschen wir uns hingezogen fühlen. Auch hier sind wir Teil des großen Ganzen, ohne die Möglichkeit, Naturgesetze zu überwinden. Was ich beobachte, ist, dass uns unsere kindliche Neugierde abhandenkommt, wenn wir älter werden. Kinder erforschen unbeschwert ihre Umwelt, tun das, worauf sie Lust haben, probieren neue Dinge aus. Viele Konzepte, die uns im Erwachsenenleben lähmen, sind weit weg. Kinder haben Träume, wollen Feuerwehrmann, Polizist oder Sänger werden und haben keine Probleme damit, einfach so zu tun, als hätten sie diesen Zustand bereits erreicht. Wir können von Kindern eine Menge lernen.

Auch die Natur ist in meinen Augen der beste Beweis für meine These, dass alles vorbestimmt und perfekt vorbereitet ist. Betrachten wir das Fliegen der Biene von Blüte zu Blüte, oder das Aufgehen einer Pflanze, deren Samen in die Erde gepflanzt wurde. Unser Ökosystem ist von diesen Mikromechanismen abhängig. Wir alle haben auf diesem Planeten unsere Aufgaben zu erledigen. Nichts geschieht ohne Grund; wo Rauch ist, war vorher Feuer. Im Verhältnis zur Größe des Universums sind wir unbedeutend, und gemessen an der Zeit, die das Universum bereits existiert, sind wir nur einen Wimpernschlag lang hier auf diesem Planeten. Eine weitere Tugend, die ich auf dem Weg zum Erfolg als wichtig empfinde, ist Geduld und Beständigkeit. Sich einer Sache zu verpflichten und dranzubleiben ist unerlässlich für den persönlichen Erfolg.

Dazu die Geschichte eines chinesischen Kaisers. Dieser hörte von einem Künstler, der großartig darin war, Tuschezeichnungen anzufertigen. Der Kaiser ließ ihn vor seinem Thron erscheinen und sagte: »Zeichne mir einen Hahn. Ich mag Hähne.« Der Künstler versprach es, ging fort und ließ nichts mehr von sich hören. Drei Jahre später erinnerte sich der Kaiser wieder an den Künstler und fragte nach dem Hahn. Als niemand etwas darüber wusste, stand er von seinem Thron auf und appellierte an seine Bediensteten, den Künstler zu suchen und zur Rechenschaft zu ziehen. »Wo ist die Tuschezeichnung, die ich in Auftrag gegeben habe?«, schimpfte er, als der Künstler gefunden und ihm vorgeführt wurde. »Einen Hahn solltest du mir zeichnen! Ich mag Hähne!« Der Künstler zog ein leeres Blatt Papier hervor und zeichnete in wenigen Augenblicken einen wunderschönen Hahn. Der Kaiser war zufrieden, über den Preis jedoch erschrocken. »In wenigen Augenblicken zeichnest du mühelos einen Hahn – und willst so viel Geld dafür haben?« Der Künstler nahm ihn daraufhin mit und führte ihn durch sein

Haus. In allen Räumen hingen Papierstapel mit Zeichnungen und auf allen Blättern waren Hähne zu sehen, teilweise angefangen, meist jedoch vollendet. »Siehst du?«, sagte der Künstler. »Der Preis ist gerechtfertigt. Was hier so mühelos und einfach erscheint, hat mich viel Zeit und auch Geld gekostet. Über drei Jahre habe ich gebraucht, um dir in wenigen Augenblicken diesen Hahn zeichnen zu können.«

Oft steckt hinter einem phänomenalen Ergebnis jahrelange Arbeit, die man nicht auf Anhieb erkennt, und wir tun gut daran, einen Blick hinter die Kulissen zu werfen. Ich glaube daran, dass, wenn man jeden Tag fleißig seinen Job macht, und das tut, was man liebt, auch in Zeiten, in denen es nicht gut läuft, stets ausreichend Geld zur Verfügung haben wird. Das passiert nahezu automatisch, weil Geld für mich ein Äquivalent von Energie ist. Je mehr Energie dem Universum zur Verfügung gestellt wird, desto mehr erhält man zurück. Ich selbst habe in den letzten Jahren einen fünfstelligen Betrag in die Entwicklung meiner Persönlichkeit investiert und merke, wie es sich auf verschiedenen Ebenen »auszahlt«.

Zuletzt noch ein Gedanke, der zum Nachdenken anregen soll: Als ich die erste Fassung dieses Buches geschrieben habe, erhielt ich die Nachricht, dass ein Bekannter von mir beim Bergsteigen in den Alpen abgerutscht und abgestürzt sei. Vermutlich war er sofort tot. Er war zwei Jahre älter als ich und hat letztes Jahr geheiratet. Zwei Wochen später hätten sie ihren ersten Jahrestag gehabt. Seine Frau war mit ihrem ersten Kind schwanger – all die schönen Momente mit seinem Kind konnte er nicht mehr erleben. Solch ein Schicksalsschlag ist schlimm für Familie und Freunde, und so eine Meldung nimmt mich wirklich mit.

Gleichzeitig ist es eine Mahnung, jeden Tag das Beste aus sich rauszuholen, zu genießen, nichts aufzuschieben und seiner wahren Berufung und seinen Träumen nachzugehen.

Es kann manchmal schneller vorbei sein, als man denkt.

## KAPITEL 14
# EIN TAG, DER MICH BIS HEUTE PRÄGT

**Entweder es geht schneller vorbei, als man denkt – oder aber, es fängt gar nicht erst richtig an.** Wir alle wachsen langsam auf. Wenn wir in die Pubertät kommen, ist alles neu und aufregend, wir lassen uns von vielen Sachen begeistern und irgendwann wird alles immer normaler; nicht weniger interessant, aber nicht mehr so aufregend wie noch beim ersten Mal. Es gibt aber Kinder und Heranwachsende, die diesen Punkt niemals erreichen, weil sie vorher sterben oder weil ihre Wahrnehmung beeinträchtigt ist, durch eine körperliche oder geistige Behinderung etwa.

Besonders einschneidend war ein Erlebnis, das ich heute noch bildlich vor Augen habe. Ich war mit meinem Vater auf der Baustelle. Dort herrscht in der Regel ein rauer Ton. Hart, aber herzlich werden Anweisungen gegeben und Regeln befolgt. Normalerweise hat man sich nach einem »Schlagabtausch« direkt wieder lieb und trinkt nach Feierabend eine Fassbrause zusammen, aber an diesem Tag kam es anders. Mein Vater stritt sich heftig mit dem anwesenden Bauleiter. Da ich erst 14 oder 15 Jahre alt war, begriff ich nicht, worum es ging. Ich merkte aber, dass meinem Vater die Auseinandersetzung sehr zusetzte. Er packte mich anschließend wortlos in sein Auto und wir fuhren eine ganze Weile lang schweigend die Autobahn entlang. »Papa? Wohin fahren wir?«, fragte ich ihn. Er brummte nur leise vor sich hin. Nach einer Viertelstunde kamen wir in Siegburg an, am Dr. Ehmann Kinderhaus. »Das hier«, antwortete er jetzt klar und deutlich, »ist ein Ort, an dem viele Kinder leben, denen es nicht so gut geht. Wir besuchen sie jetzt.« Ich konnte mir keinen Reim auf diese Ankündigung machen und folgte meinem Vater schüchtern in das Haus. Nach der Anmeldung bei der Schwester betraten wir die Gänge des Hauses und auch kurz den Außenbereich. Mein Vater schien einige Angestellte und auch einige Kinder zu kennen, immer wieder nickte er Menschen zu, grüßte sie und unterhielt sich kurz mit ihnen. Für mich war der Anblick zu großen Teilen verstörend: Das Kinderhaus pflegte kranke Kinder, die eigenständig nicht überleben konnten. Teilweise waren die Verletzungen und Krankheiten so stark, dass die kleinen Patienten nur durch ein kleines Zucken mitteilen konnten, dass sie sich freuten, gerade an der frischen Luft zu sein. Wir lernten auch ein Kind kennen, das mit einer Behinderung auf die Welt kam, und sich nur im Rollstuhl fortbewegen konnte. Ich fühlte mich ein bisschen schlecht, weil ich es war, der regelmäßig zum Fußballtraining ging – dieses Kind hatte noch nie in seinem Leben vor einen Ball treten können.

In der Cafeteria aßen wir noch ein Stück Käsekuchen und sprachen über unsere Eindrücke. Einerseits fiel es mir schwer, die Eindrücke zu sortieren, andererseits war mir schon damals klar, was mein Vater mir beibringen wollte: Dankbarkeit, Demut und Großzügigkeit. Bei allem Streit auf der Baustelle oder im Privatleben; wir haben zu jeder Zeit die Möglichkeit, aufzustehen, den Raum zu verlassen, joggen zu gehen, an einem anderen Ort neu anzufangen. Das alles war den Patienten im Kinderhaus nicht möglich.

Der Besuch hat mich geprägt. Noch heute sorgen wir dafür, dass wir jedes Jahr einer Organisation Spenden und Hilfe zukommen lassen, die Kinder in Not unterstützt.

Wir persönlich haben auch eine Beziehung zu der Krankheit Krebs, da meine beiden Großväter, meine Großmutter und auch meine Tante an Krebs gestorben sind. Aus diesem Grund unterstützen wir auch die Kinderkrebsstation in Bonn, um dafür zu sorgen, dass einige der Krebskrankheiten vielleicht sogar irgendwann mal heilbar sein können, oder zumindest das Leben der Erkrankten lebenswerter gemacht wird.

## KAPITEL 15
# LEBEN ODER STERBEN?

**Als wir noch Kinder waren, konnten wir intuitiv gut entscheiden, ob uns ein fremder Mensch etwas Gutes wollte.** Uns Erwachsenen fällt es zunehmend schwerer, diese Fähigkeit anzuzapfen. Wir haben eine Ahnung, wie kongruent und authentisch jemand rüberkommt, aber diese blitzschnelle Einordnung, wie wir sie als Kind vornehmen konnten, muss erst wieder neu aufgebaut und antrainiert werden. Ich bin froh und dankbar darüber, dass ich mich mit meiner Persönlichkeit und meinen Werten auseinandergesetzt habe. In dem Kommunikationstraining waren Menschen, die 60 Jahre oder älter waren, auch diese fand ich beeindruckend, denn sie hatten realisiert, dass sie ihr Leben bewusst und gewinnbringend »nach vorne« leben können, anstatt in einer Form der Reaktivität zu verharren und zu verbleiben.

Eckhart von Hirschhauen hat es mal treffend formuliert: »Der Mensch hat zwei Leben. Das zweite beginnt, sobald du merkst, dass du nur eins hast.« Fangen wir also an zu leben! Lassen wir hinter uns, was uns aufhält und blockiert, und starten wir die Dinge, die wir hinterher bereuen würden, wenn wir sie nicht endlich ausprobierten.

Für eine Studie wurden Sterbende befragt, was sie am meisten an ihrem zurückliegenden Leben bereuen.

Eine der am häufigsten gegebenen Antworten war, dass sie bereuen, nicht versucht zu haben, ihre Träume zu leben, und dass sie viel zu sehr nach den Standards anderer Menschen gelebt und nicht ihre eigenen Regeln aufgestellt haben. Fragen wir uns bei jeder Entscheidung, bei jedem Job, den wir annehmen, bei jeder Ausbildung, die wir machen, bei jedem Kuss, den wir verschenken, bei jeder Sporteinheit, die wir absolvieren, von mir aus auch bei jedem Stück Kuchen, das wir verzehren: Ist es das wert? Bringt es uns näher an unsere Ziele, an die Erfüllung der eigenen Version? Bringt es mein Herz zum Singen? Falls nein, dürfen wir mehrmals überlegen, ob wir weitermachen oder ob wir uns nicht lieber an unserem ›Warum?‹ orientieren sollten.

## Apropos – das eigene ›Warum?‹ …

Ich erinnere mich, wie ich mit einem alten Freund aus Schulzeiten beim Brunch saß und wir über unsere Tagesabläufe redeten. Meine damals neugeborene Tochter wurde langsam größer und er war gerade ebenfalls frisch Vater geworden. Es ging also viel um das Thema »Wie machst du das, wenn …?«, und generell um unsere heimischen Tagesabläufe. Dabei stutzte er an dem Punkt, an dem ich erzählte, dass ich unter der Woche teilweise schon um vier Uhr das Bett verlasse. »So früh musst du da morgens raus?« – und schon waren wir mittendrin im Thema. Für mich ist es selbstverständlich, morgens förmlich aus dem Bett zu springen (zugegeben zum Leidwesen meiner Frau Sonja) und mich direkt an meine Aufgaben zu setzen. Nicht um acht oder um sieben Uhr, sondern teilweise eben schon um vier Uhr. Ich schaffe das, weil mich nicht die Motivation aus dem Bett bringt, möglichst viel Geld verdienen zu wollen. Sondern: Ich will Leben verändern, Menschen dabei helfen, ihr persönliches Holzhaus zu verwirklichen, damit auch unsere Kinder und Enkel einen lebenswerten Planeten vorfinden.

Diese Motivation ist eine ›Hin-zu‹-Motivation; in der Psychologie unterscheidet man zwischen dieser und der ›Weg-von‹-Motivation, die meist darauf beruht, dass man nur deshalb arbeiten geht, um dem Schmerz zu entfliehen, Geldsorgen zu haben.

Auf diese Weise ist man ständig getrieben und hangelt sich von Lohnzettel zu Lohnzettel. Ich finde das für gewisse Lebensphasen auch gut, etwa dann, wenn man als Student droht, zwischen Abschlusspartys und Grillfeiern nur noch »rumzuhängen«. Dass dann irgendwann der Vermieter auf der Matte steht und mit dem Zeigefinger wedelnd seine Miete eintreiben möchte, ist dann meist der Schuss vor den Bug, und der Student realisiert, dass es eine gute Idee sein könnte, sich einen Job zu suchen, in die Wertschöpfungskette einzusteigen und sein eigenes Leben zu finanzieren. Ich glaube, dass viele Studenten so oder so ähnlich leben – und ich finde das auch in Ordnung, eben für ein paar Monate. Aber dann? Irgendwann will man auf eigenen Beinen stehen, sich Urlaube finanzieren und eine Familie ernähren können, ohne sich ständig vom Chef unter Druck gesetzt zu fühlen. Und dann? Sollte die eigene Lebenszeit nur dafür da sein, Arbeitsverträge zu erfüllen?

Dazu eine Geschichte von dem Kamel und der Ameise. Ein Kamel ritt einst in der Steppe und beobachtete zu seinen Füßen im Gras eine winzige Ameise. Sie schleppte einen Halm, der zehnmal so groß war wie sie selbst. Das Kamel schaute eine Weile dabei zu, wie sich die Ameise abschleppte, und sagte dann: »Je länger ich dir zuschaue, desto mehr bewundere ich dich. Du schleppst einen Strohhalm, der zehnmal größer ist als du selbst. Du machst das, als wäre das gar nichts. Ich hingegen knicke schon unter einem einzigen Sack ein. Wie kommt das?« »Wie das kommt?«, wiederholte die Ameise, hielt eine Weile inne und sagte dann: »Es kommt daher, dass ich für mich selbst arbeite, während du für deinen Herrn arbeitest.«

Arbeitet man für sich selbst, weil man ein Ziel ansteuert und dort ankommen mag? Oder arbeitet man, weil der nächste Mietbescheid kommt und man sich fühlt, als hätte man keine andere Wahl, als seine Lebenszeit dafür zu opfern?

Bei Tieren lässt sich das gut beobachten: Wenn Vögel morgens anfangen zu singen, sich auf einem Baum treffen, die genaue Uhrzeit abpassen, oder wenn Bienen von Blume zu Blume fliegen, oder wenn Ameisen ganz genau wissen, wohin sie ihre Last tragen müssen, dann brauchen auch alle diese Lebewesen keinen Chef, der sie morgen aus dem Bett prügelt. Sie tragen diese Motivation in sich, als wäre es das Selbstverständlichste der Welt.

Genau dieses Gefühl kenne ich, und genau nach diesem Bild lebe ich jeden Tag mein Leben. Auch dieses Buch erarbeite ich von meinem eigenen, privaten Geld. Nicht, weil ich mir von den Buchverkäufen große Reichtümer erhoffe, sondern weil ich Lust darauf habe, meine Erfahrungen mit anderen Menschen zu teilen, damit auch diese davon lernen können. Niemand muss mir diktieren, was ich zu welcher Zeit zu Papier bringe. Und niemand kann mir reinreden, wenn ich eine »Ehrenrunde« drehe, die Kapitelwahl eigenständig strukturiere oder auch mal einen Sonntag lang durcharbeite.

## KAPITEL 16
# EIN ABEND IM JULI 2021 …

**Das rote X bekam ich nicht mehr aus dem Kopf.** Und als ich erfuhr, wofür es stand, gefror mir das Blut in den Adern …

Nicht nur in Nordrhein-Westfalen und Rheinland-Pfalz, sondern auch in anderen Regionen Deutschlands und Europa kam es im Juli 2021 zu schweren Unwettern, die zu Hochwasser und einer Überflutung führten. Besonders schwer getroffen hat es den Landkreis Ahrweiler; in der Ortsgemeinde Schuld stürzten sechs Häuser ein, zahlreiche weitere wurden schwer beschädigt. Im Landkreis wurden insgesamt 62 (!) Brücken zerstört und weitere 13 beschädigt, 19 Kindertagesstätten und 14 Schulen erlitten Beschädigungen. Mehr als 330 Menschen konnten mit bis zu 36 Hubschraubern von Dächern und Bäumen gerettet werden. Mittendrin: viele unserer Freunde, Bekannte, Teile der Familie. Sie wohnten nicht alle mitten im Ahrtal, sondern teilweise in den umliegenden Gebieten.

Am Mittwochabend, dem 14. Juli 2021, war ich auf dem Weg nach Hause. Wir leben in Niederkassel-Mondorf und ich wunderte mich auf der Rückfahrt bereits über den Regen, der nicht aufzuhören schien. Aber wer denkt schon an eine große Katastrophe?

Ich hatte keinen Schimmer, wie viele hunderte Biographien in den nächsten Tagen umgeschrieben werden würden.

Zuhause wurde ich neben Sonja und unserer Tochter von Sonjas Eltern empfangen. Anne und Peter leben in Adenau, im Ahrtal, und tapsten nervös von einem Bein aufs andere. ›Gucken, dass wir schnell nach Hause kommen‹ lag in der Luft, auch jetzt verstand ich noch nicht, wie dringlich es war. »Hast du die Nachrichten nicht gehört?«, fragte mich Sonja. »Die Ahr tritt über die Ufer und du weißt, dass deren Heimweg komplett entlang der Ahr verläuft.«

So kam es dann auch. Sonjas Eltern ist nichts passiert, sie kamen sicher zu Hause an, wohl auch dank der erhöhten Lage ihrer kleinen Stadt. Aber das Unwetter tobte in der Region rund um Rheinbach, im Voreifelgebiet, in dem die Steinbachtalsperre zu brechen drohte.

Ursprünglich wollten wir den Abend mit unserer Tochter zuhause verbringen, doch plötzlich rief Sonjas Zwillingsschwester Maria an und erzählte, ihr Keller sei voller Wasser gelaufen und sie benötigte dringend Hilfe. Sonja schnappte sich ihre Autoschlüssel und fuhr zu ihr, ich blieb mit der Kleinen daheim. Erst gegen 2 Uhr nachts hörte ich wieder was von Sonja. Sie wirkte verzweifelt, schilderte, bei Maria stehe »alles unter Wasser« und ich möge nachschauen, ob bei uns alles trocken sei. »Wir gehen hier fast unter!«

Unser komplettes Wohnviertel blieb verschont. Maria und ihre Nachbarn hingegen nicht. In ihrem Wohnhaus gab es eine Einliegerwohnung im Keller und Sonja, Maria und ihr Mann Dennis haben glücklicherweise noch Wertgegenstände retten können, als sie bemerkten, dass die Trockenbauwand nachgab und die Türe aufgrund des Wasserdrucks aufsprang. Die Lage in dieser Wohnung spitzte sich minütlich zu, ein bisschen wie bei einem Schlauchboot, das langsam volllief und unterging. Gott sei Dank hat alles geklappt – sowohl die Wertgegenstände der Nachbarn als auch Sonja, Maria und Dennis selbst konnten sich rechtzeitig in Sicherheit bringen.

Am nächsten Morgen brachte ich meine Tochter in den Kindergarten und nahm unseren Hund Toni mit zum Zimmerplatz. Sonja ließ sich nicht mehr erreichen; das Handynetz war über den weiteren Verlauf der Nacht zusammengebrochen. Das beunruhigte mich und es war auch ein wenig irre. Die Orte waren 20 Kilometer Luftlinie voneinander entfernt – und bei uns war alles verhältnismäßig ruhig. Trotzdem konnte man nicht ›mal eben hinfahren‹ und nach dem Rechten schauen, unter anderem deshalb nicht, weil Brücken eingestürzt waren und Menschen angehalten waren, Rettung und Feuerwehr nicht zu behindern.

Markus, ein Mitarbeiter unserer Firma, hatte am Vortag aus einem Zufall heraus den Unimog mit nach Hause genommen und war bereits in die Hilfe im Krisengebiet eingebunden; er zog Autos aus den Gräben und Gewässern und versorgte ein Heim für schwerbehinderte Kinder mit Benzin, damit die Notstromaggregate weiter betrieben werden konnten. Generell waren die Mitarbeiter unserer Firma an diesem Morgen kaum zu erreichen, weil sie alle irgendwie beschäftigt waren; entweder direkt und persönlich betroffen, oder sie halfen Bekannten und Nachbarn.

Am Nachmittag teilte mir Sonja per SMS mit, dass sie in Sicherheit, Marias Erdgeschoss jedoch ›komplett abgesoffen‹ sei. Telefonieren konnten wir nicht – das Netz war überlastet oder die Masten zusammengebrochen.

Die nächsten Stunden waren vom sprichwörtlichen Brändelöschen geprägt. Ich fragte mich, ob ich an dem Event von Hermann Scherer teilnehmen sollte; nach Absprache mit meiner Familie war es in Ordnung, die Jury vom ›Speaker Slam‹ nicht hängen zu lassen, zu der ich eingeladen war. Richtig konzentrieren konnte ich mich aber nicht; zu sehr bedrückten mich die Eindrücke der vergangenen

48 Stunden. Obendrein erblickte ich auf dem Hinweg jede Menge verschlammter Leichenwagen. Erst jetzt machte es ›Klick‹ bei mir; vorher waren die Erzählungen abstrakt, jetzt realisierte ich, dass das Unwetter nicht nur Sachschäden, sondern auch Menschenleben gefordert hatte.

Dieser Moment war es auch, der mich so richtig in Schwung brachte. Mein Vater war bereits involviert und half mit dem Unimog und einem Anhänger dabei, Keller und Eigentum von Schlamm und Matsch zu befreien. Als ich dazustieß, konnte ich das Ausmaß der Katastrophe mit den Händen greifen: Häuser waren weggeschwemmt und Autos wie Legosteine aufeinandergestapelt worden, eine Dame kletterte in der Nacht auf ihren Dachboden, um von dort aus per Hubschrauber gerettet zu werden. Fotos und Medienberichte geben nur einen kleinen Einblick; das echte Unheil spiegelt sich nicht in dem materiellen Schaden wider, sondern in der sich daran anknüpfenden Kette.

Am Wochenende war ich mit meinem Vater und Arbeitskollegen in Dernau und wir halfen Menschen dabei, die ersten Schritte zu gehen. Gemeinsam mit THW, Feuerwehr und unzähligen Helfern entrümpelten, reinigten und arbeiteten wir, was das Zeug hielt. Selbst ich als Handwerker und Hausbauer war überwältigt von dem, was Häuser hinterlassen, wenn ihnen ihr Fundament entrissen wird. Es waren auch viele Bauern im Einsatz, die mit ihren Traktoren geholfen haben, Zäune, Mauern und großes Geröll wieder einigermaßen an ihre ursprüngliche Position zu bringen.

Ein Anblick ließ mich erschaudern: Während einer kurzen Pause lief ich durch die Ortschaft und sah mich um. An manchen der Häuser waren rote Xe zu sehen, offenbar mit Sprühfarbe angebracht. Als ich wieder bei den anderen war, erfuhr ich, dass die Markierungen kein X, sondern ein Kreuz darstellten – und angezeigt haben, dass in den Häusern Leichen lagen, um die sich noch nicht ›gekümmert‹ wurde. Ich wurde kreidebleich und erkannte plötzlich auch diese Dimension. Ja, Sachwerte, aufgebaute Häuser, Autos oder Güter, an denen Familienerinnerungen hingen – schlimm, wenn all das fortschwimmt. Aber wie brutal ist es, wenn das eigene Leben beendet wird, weil man sich nicht schnell genug in Sicherheit bringen kann?

Wolli Ewerts am Tag nach der Flutkatastrophe

Sonjas Onkel betrieb in Insul ein Hotel, das auch komplett unter Wasser stand. Er hat es mit einem Foto sogar bis auf die ›New York Times‹ geschafft; Wolli hockte auf einem umgefallenen Kreuz vor den Trümmern seiner Existenz. Heute, viele Monate später, kann er wieder über seine Erlebnisse sprechen.

Sein Sohn Lukas erzählte, dass es sowohl die Mitarbeiter als auch die Gäste zunächst nicht wahrhaben wollten und sitzen geblieben sind, als sich das Unwetter seine Bahn brach. »Das bisschen Wasser«, ulkten manche. Mit der Zeit aber wurde es jedoch immer mehr und als das Wasser durch die Fenster hineindrang und die Füße einnässte, begriffen es auch die Letzten. Es müssen sich skurril anmutende Szenen abgespielt haben.

*

Wenn ich an die Tage zurückdenke, in denen wir mit tausenden von weiteren Helfern knietief im Matsch standen, kommt mir wieder der Geruch von Benzin und Fäkalien hoch. Das war bedrückend – und möchte man überhaupt eine Lehre aus solch einem Unglück ziehen, kann ich nur sagen: Es tut gut, sich konstruktiv zu beteiligen und Lösungen zu finden. In den ersten Stunden war ich wie gelähmt und konnte das Ausmaß nicht fassen. Sobald man es aber mit den eigenen Augen sieht, möchte man ›hineinspringen‹ und anpacken.

Außerdem, so glaube ich, tut es uns gut, unsere eigene Lebensweise zu reflektieren. Ist diese Umweltkatastrophe auf die Folgen des menschengemachten Klimawandels zurückzuführen? Nur Wissenschaftler werden das beantworten können. Aber auch über die Frage, an welcher Stelle und mit welchen Abstandsregelungen man Häuser und Wohnungen baut, wird zukünftig gestritten werden. Denn in diesen Juli-Tagen sind nicht nur diese zerstört worden, sondern auch die daran hängenden Existenzen.

## KAPITEL 17
# WAS DAS WICHTIGSTE IST

**Das Beste kommt zum Schluss:** Den biografischen Teil schließe ich ab, indem ich umreiße, wie sehr mir Familie am Herzen liegt. Die Geschichte mit meiner jetzigen Ehefrau Sonja begann sehr lustig, da sie eine Zwillingsschwester hat, die ich anfangs kaum von Sonja unterscheiden konnte.

Es passierte gleich am zweiten oder dritten Schultag, dass ich die beiden verwechselte, und auch in den nächsten Wochen führte das gleiche Aussehen der beiden immer wieder zu lustigen Situationen. Ich war von einer reinen Jungenschule auf das Wirtschaftsgymnasium gewechselt und fand dort eine bunt zusammengewürfelte Truppe vor – darunter eben auch die Zwillingsschwestern Maria und Sonja. Unvorhersehbar war für mich damals, dass ich mit einer der beiden, nämlich Sonja, eines Tages sehr glücklich verheiratet sein würde!

Wir kamen uns 2006 auf der Skifreizeit näher, ganz ›romantisch‹ tanzten und sangen wir zu Micky Krause beim Après-Ski und fanden so zueinander. Ihre Hilfsbereitschaft wurde auch schnell auf die Probe gestellt, als ein paar Wochen später die Karnevalszeit rief. Ich war ursprünglich mit meinen Eltern erneut Skifahren, und wir entschieden uns dazu, diesen Trip zugunsten von Karnevalsfeiern zu verkürzen.

Bekannte hatten uns eingeladen, und auch meine komplette Fußballmannschaft wollte feiern gehen, als Schornsteinfeger verkleidet. Wir trafen uns dann also am Tag des Umzugs, und die erste Stunde waren wir alle sehr gut drauf, gingen mit dem Zug mit, warfen Kamelle und tranken unsere Getränke. Als ich bei unserem Wagen ein wenig Nachschub besorgen wollte, stellte ich fest, dass der vorbereitete Wodka-O irgendwie weggekommen war. Geklaut? Versehentlich entwendet? Mit meinen damaligen 19 Jahren war ich überfordert und fragte meinen Trainer, was ich tun solle. Frank war guter Dinge und drückte mir eine Flasche Wodka in die Hand: »Nimm die hier einfach mit!«

Noch mal: Ich war schon früher kein großer ›Trinker‹. Ich habe nichts gegen Menschen, die Alkohol trinken, aber für mich war das nie ein Thema. An diesem Nachmittag jedoch war ich sowieso schon gut drauf, verteilte also ein bisschen was an unsere Truppe und trank den Rest selbst. Für mich als ungeübten Genießer war das fatal; innerhalb kürzester Zeit war ich sturzbetrunken. Ich erinnere, dass ich in meinem Schornsteinfegerkostüm in einer Hecke lag und undefinierbare Laute ausstieß.

Meine Kumpanen entdeckten mich glücklicherweise und schickten mich in einem Krankenwagen nach Hause (zu meiner Verteidigung ist zu erwähnen, dass ich allerdings nicht ›hinten drin‹ im Krankenwagen lag, sondern vorne saß; ich war noch bei vollem Bewusstsein, der Krankenwagen fungierte als Taxi …).

Als ich zu Hause angekommen war, brach es im wahrsten Sinne des Wortes aus mir heraus und ich fiel anschließend ins Bett und schlief tief und fest. Sonja hatte sich für den Nachmittag angekündigt und fand mich mehr oder weniger als Halbleiche vor.

Sie ›pflegte‹ mich und ich stellte fest, dass sie einer der fürsorglichsten Menschen war, die ich bis dato kannte, und das hat sich bis heute nicht geändert.

Das waren natürlich alles ›Jugendsünden‹, und von diesen Aktionen sollte es glücklicherweise nicht zu viele geben. Es steht sinnbildlich für unseren Zusammenhalt und dafür, dass wir beide immer an einem Strang gezogen haben. Auch dann, als ich für meine Weiterbildungen wegziehen musste, oder als sie ihr Studium zur Finanzwirtin in einer anderen Stadt absolvierte, hielt unsere Beziehung auch über die Ferne hinweg.

Sie ist in unserer Beziehung die ›Innenministerin‹; wenn wir irgendwo eingeladen sind oder auswärts etwas unternehmen, sorgt sie stets dafür, dass wir nichts vergessen und alles ordentlich ist. Sie war es auch, der ich zum ersten Mal aus vollem Herzen »Ich liebe dich« gesagt habe. Meine vorherigen Beziehungen waren da viel weniger herzlich und intensiv.

Apropos; die Herzlichkeit, mit der ich in Sonjas (und dadurch auch Marias) Familie aufgenommen wurde, hatte mich sehr positiv überrascht. Mit ihren Eltern, Anne und Peter, war ich sofort per du, und wir pflegen bis heute ein gutes Verhältnis. Es war neu für mich, denn von meiner eigenen Familie war ich etwas anderes gewohnt; nicht, dass meine Familie nicht auch herzlich wäre, aber meine damaligen Freundinnen haben meine Eltern beispielsweise immer gesiezt, und auch Sonja machte das so, als wir morgens beim Frühstück zusammensaßen.

Das kam recht häufig vor, weil Sonja ein paar Orte entfernt lebte, und fast immer, wenn wir uns sahen, bei mir übernachtete.

Letztendlich hat sich das aber super gefügt, denn wie auch beim Bau eines Hauses muss das ›Fundament‹ stimmen. Würde sich der Partner nicht gut mit den eigenen Eltern verstehen, könnte das zu Komplikationen führen; von daher war es gut und unserer Beziehung zuträglich, dass wir von Anfang an so viel Zeit miteinander verbracht haben.

Mittlerweile kann ich sagen, dass einer meiner Hauptwerte darin besteht, Qualitätszeit mit meiner Familie zu verbringen. Wir gehen zusammen durch dick und dünn, beispielsweise hat sie mich sehr unterstützt, als mein Studium nicht so funktioniert hat, wie es geplant war. Damals ermunterte sie mich, meinen Weg weiterzugehen, und half mir dabei, gute Entscheidungen zu treffen. Wir finden einen Mittelweg, haben beide unser eigenes Leben und unsere Freiheiten. Sie kann zum Beispiel in Ruhe auf die Weide zu ihrem Pferd, ich besuche Schulungen und Trainings.

Vielleicht ist das sogar unser Beziehungsgeheimnis: Wie soll man für andere da sein, wenn man selbst nicht mit sich im Reinen ist? Im Flugzeug gilt die Regel, im Notfall erst für sich selbst zu sorgen, bevor man den anderen Menschen hilft. Nur wer vor der eigenen Haustüre gekehrt hat, kann sich glaubwürdig um die Vorgärten der Nachbarn kümmern.

Auch sie hatte es nicht immer leicht. Einschneidend war etwa ein Erlebnis zum Ende des Jahres 2013. Damals hatten wir unsere Hochzeit bereits geplant, und Sonja bekam in diesen Wochen ihr eigenes Pferd, welches sie auf einer Weide untergebracht hatte und regelmäßig besuchte. Gemeinsam mit ihrer Schwester war sie eines Nachmittags erneut auf jener Weide, als sie von Luna, ihrem Pferd, unverhofft getreten wurde.

Maria rief mich an und ich machte mich sofort auf den Weg zu den beiden. Horrorszenarien setzten sich in meinem Kopf fest, schließlich hatte ich von einer anderen Bekannten mal von einem ähnlichen Unfall gehört, der sehr folgenschwer ausging.

Sonja hatte jedoch Glück im Unglück: Sie erlitt eine Gehirnerschütterung und wurde nur leicht verletzt. Uns saß der Schreck trotzdem in den Knochen, sodass wir uns entschieden, keine Zeit mehr zu verlieren und kurzfristig standesamtlich zu heiraten.

Das taten wir dann ein paar Wochen später auch, im Februar 2014, mit der anschließenden großen Feier im Sommer, eine Woche nach dem gewonnenen WM-Finale.

Das war einer der schönsten Tage meines Lebens, wie auch die Geburt unseres ersten gemeinsamen Kindes, Charlotte, im April 2017, und die Geburt unseres Sohnes Theo zuhause in Mondorf Ende Januar 2023.

## KAPITEL 18
# TONI IST WEG!

**Kunden, die gerade mit uns über ein Bauprojekt sprechen, im Beratungszimmer sitzen lassen?** Ein No-Go! Der 10. Februar 2022 war eine seltene Ausnahme.

Mit unserem Architekten Philipp und einem Kunden war ich gerade in ein Gespräch vertieft, als meine Frau Sonja anrief und mitteilte, sie benötige dringend meine Antwort. Ich entschuldigte mich, verließ den Raum und erfuhr, dass unser Jack Russell Terrier Toni weggelaufen sei und schon seit einer halben Stunde nicht zurückgekehrt war. Wir vereinbarten, dass sie ihn weiter suchen und ich mich um unsere Tochter kümmern würde – ›bestimmt eine Sache von ein, zwei Stunden‹, dachte ich, dann wäre er wieder da.

Als Geschäftsführer eines Unternehmens unterbreche ich Termine mit Kunden nicht – das ist eine meiner goldenen Regeln, aber wenn die Familie ein dringendes Anliegen hat, geht es nicht anders. Philipp hat den Termin ohne Qualitätseinbußen zu Ende gebracht und ich holte dann nachmittags unsere Tochter Charlotte bei ihrer Oma ab.

Als ich Sonja traf, war sie aufgewühlt und in Sorge und hatte bereits mit ein paar Helfern nach Toni Ausschau gehalten. Er war ausgebüxt, als sie mit ihm und ihrem Pferd Luna spazieren war. Einmal umgedreht – und weg war er.

Was tut man in einer solchen Lage? Sonja ist Diplom-Finanzwirtin, ich Zimmermeister, wir haben keine Erfahrung mit entlaufenen Tieren. Zuerst entwarfen wir im Eiltempo einen Flyer und druckten ihn mehrere Dutzend Male. Toni war im Wald bei Rheinbach-Eichen entlaufen – und nur wenige Stunden später waren dort etliche Flyer angebracht. Auch auf Social Media setzten wir Beiträge ab, in der Hoffnung, sie würden mehrfach geteilt werden. Toni trug im bitterkalten Februar ein Mäntelchen, in das ein AirTag eingelassen war, also ein Ortungsknopf, der aber nur dann ›anschlagen‹ kann, wenn man sich mit einem Gerät in unmittelbarer Nähe befindet.

So langsam wurde es dunkel und wir beide waren leicht verzweifelt. Was sollten wir tun? Die Nacht stand an und jetzt setzte auch noch Schneeregen ein. Wir hatten Angst, dass Toni mit seinem Mäntelchen im Gestrüpp hängengeblieben sein und während der Nacht erfrieren könnte. Wir schauten uns an und wussten, dass wir vor einer echten Bewährungsprobe standen …

Nachdem wir unsere Tochter am nächsten Tag in den Kindergarten gebracht hatten, war klar, dass unser Fokus auf der Suche nach Toni liegen musste. Egal, wie es am Ende ausgehen würde – wir mussten alles probieren. Unsere Eltern gaben uns die Möglichkeit, unsere Tochter bei ihnen zu ›parken‹, und wir verlegten unseren Lebensmittelpunkt in den Wald. Mein Vater hatte ein Tiny House in der Nähe des Ortes, an dem Toni das letzte Mal gesehen wurde, und zusätzlich standen uns einige Helfer zur Seite. Weitere Stunden des Rufens, Suchens und Schauens blieben erfolglos und uns wurde klar, dass wir ohne professionelle Hilfe nicht weiterkommen würden.

*

Pet-Trailer sind Hunde, die darauf trainiert sind, Artgenossen aufzuspüren. Dank unseres Netzwerks wurden wir auf solche beziehungsweise deren Halter aufmerksam gemacht, die sich umgehend auf den Weg machten – vielen Dank noch mal! Sie waren freundlich und kompetent. Wir stellten ein Paket mit Tiernahrung und Tonis Lieblingsfutter zusammen, das wir an der Stelle platzierten, an der er entlaufen war. Doch eine erste Spur führte die Pet-Trailer nur immer wieder zu diesem Körbchen zurück.

»Wir bleiben erstmal hier«, war der empfohlene und von uns allen befürwortete Tenor, denn Toni war zu dem Zeitpunkt noch nicht kastriert und es hätte sein können, dass er einer Hündin nachlief und danach nicht mehr zurückfand. Unser ›Lager‹ sollte sich an dem Ort befinden, an dem sich Mensch und Tier das letzte Mal gesehen haben.

Doch Toni kam nicht. Die Experten nahmen uns die Sorge, dass er erfrieren könnte, indem sie erklärten, dass ein Hund in den Jagd- und Überlebensmodus wechseln würde, wenn er sich verlief, und dieser würde ihn für einige Tage wach und am Leben halten und auch vor Unterkühlung schützen. Na dann …

Wir suchten Freitag und Samstag den ganzen Tag über – von Toni weiterhin keine Spur. Mittlerweile war es Sonntag, der 13. Februar, Hochzeitstag von Sonja und mir. Wir hätten uns sicherlich einen schöneren Hochzeitstag vorgestellt, aber es half ja nichts. In der Früh begab ich mich erneut an die Entlaufstelle und suchte dort alles ab, auch die angrenzenden Straßengräben – doch von Toni fehlte jede Spur.

Unterwegs trat ich in mehrere Pfützen, sodass ich gegen 14 Uhr ins Tiny House zurückkehrte, um mich umzuziehen. Ich hatte bereits über 20 Kilometer zurückgelegt. Das Haus stand auf einem Hof, und dessen Besitzer war so freundlich, mir sein E-Bike zu leihen, mit dem ich einen größeren Radius absuchen wollte. Inklusive steiler Steigung, bei der ich erst nach Erklimmen des Gipfels feststellte, wie man den Akku bediente – na toll! Ab dann war es leicht, Kilometer um Kilometer zurückzulegen.

An einem abgesperrten Waldstück traf ich auf Bekannte, mit denen ich über Social Media verknüpft war und die mir zusicherten, ebenfalls nach Toni Ausschau zu halten. Da merkte ich, dass der Aufruf über Facebook und Instagram wirklich was brachte.

Und dann? Der Game Changer! Unser Architekt und Freund Philipp rief an und erzählte, er sei mit seiner Frau Sophie gegen 16 Uhr durch den Wald gefahren und traf dort auf ein Pärchen, das Toni gesehen hatte – wow! Somit ergab sich ein weiterer Hinweis, der sogenannte Sichtungspunkt. Zwischen diesen beiden Punkten konstruierten wir eine Fährte, die Sonja und ich in unserer Hochzeitstagnacht abliefen, während sie ihren Pullover hinter sich herzog, um Toni einen Ansatz zu geben, zu einem der Punkte zurückzufinden.

Da wir neue Hoffnung geschöpft hatten, entschieden wir uns, erneut im Tiny House zu übernachten – jetzt also zum vierten Mal. Gegen 9 Uhr in der Früh erreichte uns ein Anruf, dass ein Mann aus der Stallgemeinschaft, der mit seinem Hund spazieren war, unseren Toni gesichtet hätte. Ein weiteres Mal! Offenbar wirkte unser Vierbeiner wohlauf und gesund, ein gutes Zeichen.

Sofort machten Sonja und ich uns auf den Weg zu eben jener Stelle. Langsam ergab alles Sinn: In der Nähe des neuen Sichtungsortes lebte sein Spielfreund Luke, mit deren Haltern wir befreundet waren. Es war zwar eine lange Strecke bis dahin – aber durchaus machbar. Wahrscheinlich geriet Toni in eine Art Tunnelmodus, in dem er einer schwachen Spur eines ihm bekannten Geruches folgte – eben bis nach Kirchheim, wo er sich bis vor die Haustür unserer Bekannten setzte. Dort wurde er sogar auch von ihnen gesichtet, aber vor lauter Schreck lief er dann auch von dort wieder weg.

Die Schlinge zog sich jedoch zu, im Minutentakt trudelten immer mehr Sichtungsmeldungen über Social Media ein. Zwar war das Ziel noch nicht erreicht, aber es war jetzt eine andere Ausgangslage und, wie man so schön sagt, nur eine Frage der Zeit. Ich hoffte, er würde jetzt nicht auf die Straße laufen oder ähnliches.

Als wir mit dem Auto in Kirchheim angekommen waren, sahen wir ihn und folgten ihm. Ihn einzufangen war jedoch gar nicht so leicht, da er weiterhin in Bewegung war und jetzt vor uns weglief! Immerhin benutzte er den Bürgersteig … Nach rund 100 Metern, die er noch mal auf eine Steigung anlief, konnte er nicht mehr. Wir fuhren mit dem Auto neben ihn, öffneten die Tür, ich beugte mich zu ihm runter und sagte: »Toni! Hier!« Auf einmal wechselte er vom Flucht-Modus auf den ›Schwanzwedelnder Familienhund‹-Modus und sprang ins Auto. Die Tränen liefen und uns fiel ein großer Stein vom Herzen.

Der Tierarzt gab dann grünes Licht. Toni hatte zwei Kilo verloren, was viel ist, in Relation zu seinen acht Kilo Körpergewicht – ansonsten sei er aber putzmunter, wenn auch übermüdet. Im Auto ist er direkt wieder eingeschlafen.

Aber auch Sonja und ich hatten ein paar Kilo abgenommen, weil wir kaum aßen und uns viel bewegten in den vier Tagen. Am Ende war es dann aber doch ein Happy End, gerade weil ich durch dieses Erlebnis lernen durfte, wie es ist, den Verlust eines geliebten Familienmitglieds vor Augen zu haben. Meine Großeltern starben früh, ich hatte sie nicht richtig kennenlernen können, überhaupt habe ich aus meinem engen Bekannten- oder Familienkreis noch niemanden gehen lassen müssen.

Die Suche und auch der Gedanke, von jetzt auf gleich jemanden verlieren zu können, mit dem man eigentlich noch viele schöne Stunden hätte erleben wollen, stimmte mich demütig. Was wollte mir das Leben damit sagen? Genieße, dass dir Zeit mit deinen Liebsten beschieden ist. Manchmal trennen dich nur wenige Sekunden von einem Abschied. Und sortiere deine Prioritäten. Es war nicht die feine Art, das Beratungsgespräch zu verlassen, doch es gibt Situationen, in denen ich immer wieder so handeln würde.

Vier aufregende Tage, mehrere Lebenslektionen – und der Bekanntheitsgrad von Toni hat sich wegen des Aufrufs auf Social Media auf über 50.000 Leute erweitert. Bei jedem Spaziergang hier in der Region wird er jetzt sofort erkannt.

Vielleicht hatte das alles doch etwas Gutes an sich …

# KAPITEL 19
# SCHATZTRUHE: DIE ZEHN REGELN

**Im letzten Abschnitt öffne ich die Schatztruhe mit Tipps für eine gelungene Kommunikation.** Zehn Regeln, die ich aus dem Seminar mitgenommen habe und die mir in meinem Alltag helfen, Kommunikation und Zwischenmenschliches zu organisieren. Richard Bandler und John Grinder haben sich angeschaut, was erfolgreiche Menschen tun und wie sie denken. Daraus haben sie Leitlinien erstellt, die ich im Folgenden anreiße:

**Regel #1: Die Landkarte ist nicht das Gebiet.**

Es gibt einen Unterschied zwischen dem, was objektiv und tatsächlich vorliegt, und dem, wie wir es über unsere subjektiven Wahrnehmungskanäle wahrnehmen. Jeder Mensch trifft Einschätzungen über das, was er vorfindet, aber diese Einschätzungen entsprechen nur seiner subjektiven Landkarte, nicht dem objektiv vorliegenden Gebiet. Durch diesen Punkt konnte ich verstehen, warum die Firmenübernahme anfangs sperrig verlaufen ist. Die objektive Sachlage war klar (›Gebiet‹), die Herangehensweise jedoch von unseren subjektiven Eindrücken abhängig (unsere ›Landkarten‹ waren verschieden). Sobald wir verstehen, dass wir alle mit unseren eigenen, individuellen Landkarten auf ein und dasselbe Gebiet schauen, erleichtern wir uns den Zugang zu Handlungsmöglichkeiten.

**Regel #2: Die Bedeutung deiner Kommunikation zeigt sich in der Reaktion, die sie hervorruft.**

Wie häufig erleben wir es, dass wir in einem Gespräch etwas sagen oder eine Frage stellen – und unser Gegenüber antwortet nicht so, wie wir es erwartet hätten? Es scheint fast, als hätte er die Frage nicht verstanden. Daraus leiten wir ab: Für den Erfolg der Nachrichtenübertragung ist einzig der Sender verantwortlich, nicht der Empfänger. Wie könnte er auch? Er kann nicht ›riechen‹, wie der Sender seine Botschaft gemeint haben könnte. Nicht der andere hat etwas falsch verstanden – sondern man selbst hat etwas unzureichend formuliert. Auf diese Weise lassen sich Konflikte vermeiden, weil die Ursache für Kommunikationsfehler immer bei einem selbst gesucht wird, und nicht bei anderen. Je mehr Einfluss- und Kontrollbereich bei einem selbst liegt, desto besser.

**Regel #3: Es gibt keine Fehler oder Versagen, sondern nur Resultate und Feedback.**

Wenn nicht sofort das erwartete Ergebnis erzielt wird, kann man die erhaltene Rückmeldung dafür nutzen, sich schrittweise dem optimalen Ergebnis anzunähern. Einige gehen sogar so weit und sagen, man sollte Fehler provozieren, um aus ihnen zu lernen. Auf der Baustelle passieren Fehler. Hier wäre es fahrlässig, nicht daraus zu lernen, und den Fehler bei den nächsten Projekten erneut zu machen. Wir lernen daraus, um uns zu verbessern.

**Regel #4: Wenn das, was du tust, nicht funktioniert, so tue etwas anderes.**

Im Erwachsenenalter haben wir verlernt, unsere Vorgehensweisen so oft zu variieren, bis wir unser gewünschtes Ergebnis erhalten. Genau das ist aber zu tun, wenn wir erfolgreich werden wollen. An dieser Stelle wird auch gut ersichtlich, dass es fatal ist, zu früh aufzuhören und aufzugeben. Nur durch das konstante Dranbleiben lassen sich verschiedene Wege ausprobieren und die bestfunktionierende Option eruieren.

**Regel #5: Wenn das, was du tust, funktioniert, so tue etwas anderes.**

Viele Wegen führen nach Rom. Um die eigene Flexibilität zu erhalten, hilft es, andere Wege zu probieren. Dabei müssen die Änderungen nicht lebensverändernd sein. Oft reicht es, mit den kleinen Dingen des Lebens anzufangen, etwa damit, eine andere Route für den Weg zur Arbeit auszuprobieren. Bisher immer über die Autobahn? Vielleicht ist die Landstraße bequemer zu befahren, oder schöner und ruhiger! Oder durch ein anderes Viertel der Stadt, wenn es hinterher nach Hause geht. Man hilft dem eigenen Gehirn beim Wachsen, wenn man es regelmäßig neuen Eindrücken aussetzt. Ach ja: Und vielleicht ist der neue Weg ja auch effizienter. Man kann es nur herausfinden, indem man es probiert.

**Regel #6: Körper und Geist sind eine Einheit.**

Gedanken, Gefühle und körperliche Prozesse sind eine untrennbare Einheit im System und beeinflussen sich gegen- und wechselseitig. Ist der Körper krank, deutet das immer auch auf eine Störung der Harmonie und des Flusses auf geistiger Ebene hin. Krankheiten treten selten aus heiterem Himmel auf, sondern haben stets eine Vorgeschichte. Der Körper zwingt einen dann in die Horizontale, wenn alle anderen Vorboten nicht zu fruchten scheinen.

**Regel #7: Es gibt immer mindestens drei Möglichkeiten, ein Ziel zu erreichen.**

Wieso drei? Würde man nur zwei Alternativen haben, so ist keine andere Wahl, wenn eine der beiden Optionen ausgeschlossen wird. Bei drei Alternativen gibt es aber auch dann noch eine Wahl, wenn eine der Optionen rausfällt. »Mehr Wahlmöglichkeiten sind besser als weniger Wahlmöglichkeiten« ist der Leitspruch.

**Regel #8: Jedes Verhalten hat eine positive Absicht.**

Niemand tut etwas, ohne damit für sich etwas Gutes zu tun, aus der Situation einen persönlichen Nutzen oder Gewinn zu erzielen. Oft ist die Verhaltensweise selbst nicht angemessen oder in einem bestimmten Kontext unpassend, aber das können wir nur von außen beurteilen. Aus der subjektiven Brille der Person, die eine Handlung ausführt, ist das, was gerade passiert, ihre Option. Auch der Vater, der sein Kind im Supermarkt ohrfeigt, handelt in seiner »besten Option«. So grausam das für den Augenzeugen in der jeweiligen Sekunde aussehen mag – hätte der Vater eine andere, bessere Option für sich in diesem Moment, so würde er zu ihr greifen und die Situation zum Beispiel mit Worten lösen anstatt mit Gewalt.

**Regel #9: Alle Ressourcen sind bereits in dir.**

Du hast alles, was du brauchst. Jede Geborgenheit, jede Wärme, jede Sicherheit, jedes Vertrauen, jede Kompetenz. Es gibt nichts, was du dir nicht anlernen oder aneignen könntest. Blicke nicht so sehr nach außen, sondern horche in dich hinein. Deine persönliche Schatztruhe ist prall gefüllt und es lohnt sich, sich die Anzapfung und Öffnung derer anzueignen, statt ständig im Außen nach Lösungen zu gucken.

**Regel #10: Das Gehirn lernt schnell.**

Persönliche Veränderung und Neues zu erlernen, ist einfacher und kurzfristiger möglich, als wir das bislang angenommen haben. Überhaupt ist das Lernen ein komplexer Vorgang, bei dem viele neuronale Mechanismen ablaufen. Es verändern sich die Kontaktstellen zwischen den Nervenzellen, neue Verknüpfungen werden geschaffen, bestehende gestärkt. Es wird eine ›Gedächtnisspur‹ konstruiert, und je öfter wir diese Spur aktiv gebrauchen, desto besser erinnern wir uns an die gespeicherte Information. Vergleichbar ist das etwa mit einer Autobahnspur. Wenn die neue Spur gebaut ist, muss sich diese auch erstmal »einfahren« und benutzt werden, damit sie sich über Jahre hinweg zur perfekten Spur entwickeln kann.

Es gibt noch mehr Regeln und je nach Modell können einige davon zusammengefasst werden, aber diese zehn haben sich für mich als die wichtigsten erwiesen.

# Die GREAT-Formel

… gibt Orientierung für das Privat- und Berufsleben, gerade für Menschen in Selbständigkeit und Führungspositionen. Sie erklärt, wie man glücklicher sein kann. ›GREAT‹ ist hierbei ein Akronym, das die Anfangsbuchstaben längerer Worte abbildet.

## G steht für ›Giving‹, also geben.

Wir fühlen uns glücklicher, wenn wir anderen Menschen eine Freude machen und Mehrwert bereiten konnten. Das ist wissenschaftlich nachgewiesen. Es werden Glückshormone ausgeschüttet, wenn wir etwas geben; es fühlt sich einfach gut an.

## Das R für steht ›Relating‹, sich verbinden oder verknüpfen.

Es macht glücklich, sich mit Gleichgesinnten zu verbinden, zu netzwerken und mit anderen Personen zusammen zu sein. Das funktioniert dann besonders gut, wenn man sich auf Augenhöhe begegnet. Raushängen lassen, was man für ein ›toller Hecht‹ ist, führt hingegen zu Ablehnung.

## Das E steht für ›Exercise‹: fit bleiben!

In unserem Alltag bauen wir Stresshormone auf, die durch Bewegung und Sport regelrecht ›aufgefressen‹ werden können. Würden wir uns nicht bewegen, dauerte das Beseitigen dieser Hormone rund 48 Stunden, durch Sport kann man diesen Vorgang deutlich beschleunigen, er dauert dann nur wenige Stunden. Mir persönlich tut Bewegung gut, und ich könnte gar nicht anders, als mich mindestens zweimal die Woche sportlich zu betätigen.

**Das A steht für ›Awareness‹, zu Deutsch Achtsamkeit.**

Die schönsten Dinge im Leben erscheinen uns so selbstverständlich, dass wir sie einfach mal wieder bewusst wahrnehmen sollten. Es macht uns glücklich, einfach mal die Wunder der Natur zu beobachten, einen Spaziergang zu machen, die Augen und Ohren offen zu halten und einfach nur wahrzunehmen, was sich uns für eine perfekt organisierte Welt offenbart. Oder einfach den natürlichen Baustoff Holz für den Bau von Häusern und Wohnräumen nutzen.

**Das T steht für ›Try out‹ – ausprobieren.**

Unser Gehirn braucht regelmäßig neuen Input, sonst verkümmert es. Immer neugierig bleiben und neue Dinge ausprobieren, die das Gehirn fördern! Es reichen kleine Dinge, wie zum Beispiel einen neuen Weg zur Arbeit auszuprobieren oder bisher unbekannte Teile der eigenen Stadt kennenzulernen.

Ein Leben nach der GREAT-Formel zu führen ist erstrebenswert, weil es das vorhandene persönliche Potenzial ausschöpft.

# KAPITEL 20
# WIE MAN BEZIEHUNGEN PFLEGT

**Sowohl in der Firma als auch im Privatleben ist es wichtig, dass Beziehungen gepflegt werden.** Ob zur eigenen Ehefrau oder zum Ehemann, ob zum Vorgesetzten oder zum Angestellten, es betrifft auch die eigenen Eltern, Geschwister, Freunde und andere Verwandte. Je besser eine Beziehung ist, desto wertvoller ist sie für beide.

In diesem Kapitel werde ich einige Tipps geben, mit denen eine Beziehung verbessert werden kann, und ich werde 36 Fragen auflisten, mit denen andere Menschen sogar, so jedenfalls das Versprechen des Autors, verliebt gemacht werden können.

Das Geheimnis, beliebt zu sein und eine gute Beziehung zu entwickeln, liegt darin, anderen Menschen das Gefühl zu geben, dass man sich aufrichtig für sie interessiert und bereit ist, ihnen eine ›Bühne‹ zu geben, ohne sich selbst ins Rampenlicht stellen zu müssen.

Völlig gleich, ob unter Arbeitskollegen, im Freundeskreis oder beim anderen Geschlecht – sobald der Gesprächspartner merkt, dass es um ihn als Menschen geht und nicht einfach nur Floskeln runtergerattert werden, sobald er beginnt, sein Herz zu öffnen, in dem Augenblick wird man ›beliebt‹ – egal, ob das mit dem eigenen Bruder, der eigenen Mutter, der potenziellen Ehefrau oder einem Angestellten in der Kneipe geschieht.

Menschen tauen auf, wenn sie das Gefühl haben, durch die Mattscheibe des Small-Talks hindurch angesprochen zu werden. »Wie geht's dir?« zu sagen – das klingt nett und hat sich als Phrase bei uns Deutschen eingebürgert. Aber wirklich erfahren zu wollen, wie es dem anderen geht, welche Sorgen und Nöte ihn umtreiben, mit was er sich befasst, welche Gedanken er hat, welches ›große Problem‹ ihn beschäftigt – alle diese Sachen fragen wir in der Regel nicht, weil wir mit uns selbst so beschäftigt sind, dass wir uns die Probleme des anderen nicht auch noch überstülpen wollen, oder aber, weil wir glauben, dass wir dem anderen damit keinen Gefallen tun, wenn wir den Scheinwerfer auf ihn richten.

Das Gegenteil ist aber der Fall; je mehr der andere das Gefühl hat, dass es sich hier um einen »aufrichtigen« und ehrlichen Scheinwerfer handelt, desto mehr wird er sich wohlfühlen und es genießen, von dir beobachtet und aufmerksam angesehen zu werden. Im ersten Augenblick kann das auf leichte Ablehnung stoßen. Gehen wir beispielsweise auf einen guten Freund zu und fragen ihn danach, wie es ihm geht und was ihn aktuell bewegt, ist die Wahrscheinlichkeit groß, dass er zunächst etwas irritiert sein wird, weil er dieses Interesse nicht gewohnt ist. Bleibt man beharrlich, wird er sich jedoch öffnen und erzählen, was ihn umtreibt und was ihm im Leben gerade wichtig ist.

Um eine Beziehung zu stärken und besser zu machen, also deren Qualität zu erhöhen, braucht es nicht Massen an Zeit. Wenn das wahr wäre, wären Arbeitskollegen immer auch privat die besten Freunde, da sie jeden Tag acht Stunden miteinander verbringen. Aber nein, es geht um ›Qualitätszeit‹, also darum, wie sich die Minuten anfühlen, die miteinander verbracht werden.

Im Folgenden gibt es drei Regeln für gute Gespräche:

(1.) Zuhören und verletzlich zeigen.

(2.) Die richtigen Fragen stellen.

(3.) Die passenden Rahmenbedingungen sicherstellen.

Schauen wir sie uns der Reihe nach an:

Mit **(1.) Zuhören** ist der elementarste Punkt bereits angesprochen.

Wenn wir einem anderen Menschen in die Augen schauen, während er erzählt, und ihm das Gefühl geben, dass er in diesem Moment wichtig für uns ist, erscheint ihm diese Gabe wertvoller als alles andere, was wir ihm in der gleichen Zeit dafür schenken könnten.

Dazu kommt: Wenn wir nicht zuhören, können wir nichts lernen. Würde ich die ganze Zeit nur reden (und nicht zuhören), würde ich all die anderen Perspektiven und Sichtweisen auf ein Thema nicht kennenlernen können und nicht persönlich wachsen.

Eine gute Übung kann der ›Papagei‹ sein; es geht darum, das, was das Gegenüber sagt, mit kurzen Sätzen zu wiederholen und zusammenzufassen, ehe der Ball zurückgespielt wird. Die Kunst ist es, die eigenen Redebeiträge so gering und kurz wie möglich zu halten, und dadurch dem anderen zu signalisieren, dass er es ist, dem intensiv zugehört wird.

Mit ›verletzlich zeigen‹ meine ich, dass echte Intimität nur entstehen kann, wenn man sich verletzlich zeigt und verwundbar macht. Nur dann kann echte Verbundenheit entstehen.

## (2.) Die richtigen Fragen stellen

›Richtige‹ Fragen sind solche, auf die der Gesprächspartner in der Regel nicht sofort eine Antwort hat. »Was hast du gestern so gemacht?« oder »Was hältst du von Thomas' neuen Schuhen?« eignet sich vielleicht für den Gesprächseinstieg, aber niemals, um darauf eine tiefergehende Beziehung zu begründen.

Im Folgenden liste ich 36 Fragen auf, die der amerikanische Wissenschaftler und Psychologe Arthur Aron im Jahr 1997 als jene herausgestellt hat, bei denen die Wahrscheinlichkeit hoch sei, dass sich Menschen ineinander verlieben, wenn sie sie ausführlich und gewissenhaft beantworten und sich dabei auch interessiert und aufmerksam einander zuhören.

Ob das so stimmt – da muss sich jeder selbst ein Bild machen. Ich jedenfalls finde die Auflistung interessant, und deshalb möchte ich sie hier niederlegen:

1. Von allen Menschen auf der Welt: Mit wem würdest du gerne mal zu Abend essen?

2. Wärst du gerne berühmt? Auf welche Weise?

3. Überlegst du dir vor einem Telefonat, was du sagen wirst? Warum?

4. Was wäre ein ›perfekter‹ Tag für dich?

5. Wann hast du das letzte Mal alleine gesungen? Und wann für jemand anderen?

6. Angenommen du wirst 90 Jahre alt und könntest die letzten 60 Jahre deines Lebens entweder den Körper oder den Geist eines 30-Jährigen haben, wofür würdest du dich entscheiden?

7. Hast du eine geheime Vorahnung, wie du sterben wirst?

8. Nenne drei Dinge, die dein Gegenüber und du scheinbar gemeinsam haben.

9. Für was bist du in deinem Leben besonders dankbar?

10. Wenn du etwas daran ändern könntest, wie du erzogen worden bist, was wäre es?

11. Nimm dir vier Minuten und erzähl deinem Gegenüber deine Lebensgeschichte mit möglichst vielen Details.

12. Wenn du morgen aufwachen könntest und eine bestimmte neue Eigenschaft oder Fähigkeit gewonnen hättest, was wäre es?

13. Wenn eine Kristallkugel dir die Wahrheit über dich selbst, dein Leben, deine Zukunft oder irgendetwas anderes verraten könnte, was würdest du gerne wissen?

14. Gibt es etwas, was du unbedingt tun willst, von dem du schon ewig träumst? Warum hast du es bisher noch nicht getan?

15. Was ist die größte Errungenschaft deines Lebens?

16. Was schätzt du am meisten an einer Freundschaft?

17. Was ist deine schönste, wertvollste Erinnerung?

18. Was ist deine schrecklichste Erinnerung?

19. Wenn du wüsstest, dass du in einem Jahr sterben würdest, würdest du etwas an der Art und Weise ändern, wie du jetzt lebst? Warum?

20. Was bedeutet Freundschaft für dich?

21. Welche Rolle spielen Liebe und Zuneigung in deinem Leben?

22. Sagt abwechselnd eine – deiner Meinung nach – positive Eigenschaft deines Gegenübers. So lange, bis jeder fünf Dinge gesagt hat.

23. Wie freundlich und verbunden ist deine Familie? Hast du das Gefühl, dass deine Kindheit glücklicher war als die der meisten anderen Menschen?

24. Was denkst du über die Beziehung zu deiner Mutter?

25. Macht abwechselnd drei Wir-Aussagen. Zum Beispiel: »Wir sind beide in diesem Zimmer und fühlen uns ...«

26. Vollende diesen Satz: »Ich wünschte, dass ich jemanden hätte, mit dem ich ... teilen könnte.«

27. Wenn du und dein Gegenüber enge Freunde werden würdet, was sollte er/sie unbedingt Wichtiges wissen?

28. Sag deinem Gegenüber, was du an ihm/ihr magst. Sei jetzt sehr ehrlich und sage etwas, was du einem Fremden tendenziell nicht sagen würdest.

29. Erzähle von einem sehr peinlichen Moment in deinem Leben.

30. Wann hast du das letzte Mal vor einer anderen Person geweint? Wann alleine?

31. Sag deinem Partner etwas, was dir an ihm/ihr bereits gefällt.

32. Über welches Thema sollte man keine Witze machen – oder sollte man über alles Witze machen dürfen?

33. Wenn du heute sterben würdest, ohne die Möglichkeit, noch mit irgendjemandem zu sprechen, was würdest du am meisten bereuen, dass du es nicht sagen konntest? Wieso hast du es der Person bisher noch nicht gesagt?

34. Dein Haus und alles, was du besitzt, geht in Flammen auf. Nachdem du geliebte Menschen und Haustiere gerettet hast, bleibt Zeit für die Rettung einer Sache: Was würdest du retten?

35. Von allen Menschen in deiner Familie, wessen Tod würdest du am schlimmsten finden? Warum?

36. Teile ein persönliches Problem, das dir auf dem Herzen liegt, und frage dein Gegenüber, wie er/sie damit umgehen würde. Bitte ihn/sie danach darum, dass er/sie dir sagt, wie deine Gefühle bezüglich des genannten Problems sind.

Alles klar?

Das bringt uns zur dritten Regel:

**(3.) Die passenden Rahmenbedingungen sicherstellen.**

Diese Fragen sind nicht kontextlos wie aus ›heiterem Himmel‹ zu stellen, sondern es ist ein Rahmen herzustellen, der Folgendes berücksichtigt:

*Zeit*

Ein Zeitfenster wählen, das ein Gespräch begünstigt und nicht erschwert. Menschen merken, wenn ihnen nur mit »halbem Ohr« zugehört wird.

*Ort*

Gespräche im Park oder im heimischen Wohnzimmer funktionieren besser als in der Straßenbahn oder wenn der andere einen Termin im Anschluss hat und dann dauernd mit den Hufen scharrt.

Angenehme Orte liegen in der Natur; Seen, Flüsse, Berge, selten betretene Spazierpfade oder auch nur der eigene Garten oder Balkon können gute Orte sein.

*Andere Menschen*

Andere Menschen, die um euch herumlaufen, können durchaus anregend sein und Gesprächsthemen erzeugen; ähnlich wie die Wirkung eines Flusses, der »vorbeifließt«. Aber: Andere Menschen bergen auch immer das Potenzial der Störung.

## *Smartphone und direkte Ablenkung*

Das sollte klar sein: Das Mobiltelefon gehört in den Flugmodus oder – wenn der Gesprächspartner erreichbar sein muss aus privaten oder beruflichen Gründen (Bereitschaftsdienst, Kinder et cetera) – zumindest in den Nachtmodus gesetzt. Jede einfach zu vermeidende Ablenkung sollte vermieden werden.

## Was bleibt?

Natürlich kann sich der Geschäftsführer einer Firma nicht immer mit allen Angestellten in einen Park setzen und ein intensives Einzelgespräch führen. Wie immer sind diese Vorgaben nicht dafür da, sie 1:1 mit allen Menschen, die man kennt, umzusetzen. Aber sie deuten in eine Richtung, in der ein Beziehungsaufbau möglich ist, der tiefer geht, und mit dem ein langfristiges Miteinander möglich ist.

KAPITEL 21

# HOLZBAU STOCKSIEFEN: FRÜHER UND HEUTE

**In diesem Kapitel gehe ich auf die Unterschiede ein, die sich in Bezug auf unsere Firma über Jahre hinweg herausgebildet haben.** Was war früher anders als heute?

Als mein Vater die Firma von meinem Großvater übernahm, war die Akquise neuer Kunden simpel. Er fertigte damals 200 Dachstühle und andere Zimmereiarbeiten in einem Jahr an, Carports oder Terrassenüberdachungen beispielsweise, und die Vorlaufzeit betrug 14 Tage. Die Angebote wurden schnell und unpersönlich ausgefüllt, der Günstigste bekam den Auftrag. Das hat bis in die 1990er-Jahre gut funktioniert, zu unseren Kunden gehörten Vorstände und Bekanntheiten wie Profiboxer oder Comedians. Unsere Dienstleistungen haben wir niemals von der Hautfarbe, Herkunft oder der sexuellen Orientierung unserer Kunden abhängig gemacht, wir waren stets ein buntes Team und gaben auch Geflüchteten Arbeit. So vielfältig, wie wir waren, war auch unsere Kundschaft.

»Wer nicht mit der Zeit geht, geht mit der Zeit« – das wusste auch mein Vater, und so kam er 2005 auf die Idee, das Produktportfolio seiner Firma zu erweitern. Nicht mehr nur Dachstühle und die üblichen Zimmerarbeiten, sondern ganze Häuser aus Holz. Bei uns in Mondorf errichtete er ein Musterholzhaus, das als Showroom fungieren sollte. Menschen würden dieses Haus betreten und sofort derart begeistert sein, dass sie ihm direkt beauftragen.

Begeistert waren die meisten Interessenten dann auch, aber eher von der Pelletsanlage, die im Keller stand. Der Übergang dazu, sich ein eigenes, komplettes Holzhaus bauen zu lassen, kam nicht so an, wie mein Vater sich das erhofft hatte, für ihn damals ein Schock. Mit viel Eifer ging er an die Entwicklung heran, wollte seine Firma modernisieren, aber am Ende bekam er nicht das, womit er rechnete. Er legte die Idee zunächst ad acta und kümmerte sich um seine bisherigen Leistungen, bis ich dann nach meinem Abitur 2007 signalisierte, dass ich gerne in das Unternehmen einsteigen würde. Wir holten die Idee aus der Schublade, konzipierten sie neu und machten uns Gedanken zum Ausbau dieses Firmenzweigs. Wir besuchten verschiedene Holzhausverbände und lernten einen überregionalen, externen Verkäufer kennen, für den wir in den Jahren 2007 bis 2017/18 pro Jahr zwischen fünf und acht Holzhäuser deutschlandweit montieren konnten. Diese Zeit war für uns sehr wertvoll, weil wir viel lernen und Erfahrungen im Holzhausbau sammeln durften.

Mein Interesse stieg mit der Zeit immer mehr. Nach dem Gefühl, einer jungen Familie oder einem Ehepaar nach wochenlanger, harter Arbeit ihr eigenes Reich aus Holz präsentieren zu können, das ich mit ihnen zuvor noch am Schreibtisch minutiös geplant hatte, wurde ich regelrecht süchtig und es erfüllt mich bis heute jedes Mal sehr.

### Von der Zimmerei zum Hausbauer –<br>die neue Unternehmensphilosophie

Durch die Umstrukturierung zum Holzhausbauer ergaben sich einige Veränderungen in den Abläufen und im Vertrieb, auch das Personal hat sich gewandelt. Die Prozesse sind im Holzhaus- oder Holzrahmenbau wesentlich komplexer als beim klassischen Dachstuhlbau, da mehr Details berücksichtigt werden müssen. Der Vertrieb ist zeitaufwendiger als früher und es ist Geduld gefragt, eine große Stärke von mir.

Zudem hat sich im Laufe der Jahre die komplette Belegschaft einmal ausgetauscht. Das hatte verschiedene Gründe. Ein Mitarbeiter wollte kein Zimmermann mehr sein und lieber Flugzeuge am Köln-Bonner Flughafen betanken. Ein anderer, der die Maschine bedient hat, wollte Bauleiter sein – und so weiter. Mein Vater und ich waren die ganze Zeit mit dabei, Michael ebenso, wir bildeten das Fundament des Unternehmens, und wir hatten immer ein gutes Verhältnis zu allen und unseren Mitarbeitern – dachte ich jedenfalls. Ein einzelner Moment im Jahr 2014 brachte dieses Verhältnis ins Wanken.

## Der Polterabend

Es war der Abend, an dem wir unseren Polterabend feiern wollten. Wir hatten unsere Firmenhalle umfunktioniert und veranstalteten dort die Feier. Sie war hervorragend besucht, über 300 Leute kamen und wir hatten einen schönen Abend. Hinterher jedoch, als ich mit Sonja unsere Geschenke durchgegangen bin, um die Dankesschreiben vorzubereiten, fiel uns auf, dass uns »die Jungs«, also unser Team, kein Geschenk gemacht hatten. Das hat mich getroffen; das Gefühl von Respekt und Wertschätzung war von dem einen auf den anderen Moment wie weggeblasen und führte dazu, dass ich lange Zeit zu meinen Mitarbeitern recht distanziert gewesen bin. Natürlich ging es mir nicht um ein materielles Geschenk. Ich vermisste einfach das Signal, dass sie sich ein paar Gedanken gemacht hätten. Tatsächlich riss mir das für ein paar Tage emotional den Boden unter den Füßen weg und führte dazu, dass ich mich zurückzog und viel über das Verhältnis zwischen Menschen nachdachte.

Bis heute hat sich das allerdings auch wieder komplett gewandelt: Seit damals hat sich das Team noch mal ausgetauscht und ich habe den Schock verdaut. Generell habe ich auch einen neuen Blick auf die Führung der Mitarbeiter erhalten, sodass ich anfing, die Mitarbeiter bewusster in den gesamten Prozess mit einzubeziehen, was sich sehr positiv auf die Zusammenarbeit im Allgemeinen auswirkte. Die Unternehmenskultur und Mitarbeiterführung konnte ich dadurch ein beträchtliches Stück weiterentwickeln. Das Team bekommt von mir viele Hintergrundinformationen zu den Kunden, damit es ein Gefühl dafür bekommt, für wen es gerade die Arbeit macht und wem es gerade einen Wohntraum verwirklicht. Das ist ungemein wertvoll, da die Mitarbeiter dadurch einen Bezug zu den einzelnen Projekten erlangen und die Arbeit viel emotionaler wird. Die Mitarbeiter identifizieren sich regelrecht mit dem Projekt, da sie wissen, auf welches Ziel sie hinarbeiten. Früher war es eher so, dass die Mitarbeiter die Zeichnung erhalten haben und nicht groß darüber geredet wurde. Heute hat das Team einen Bezug zum Auftraggeber, was sich sehr auf die Effektivität, die Effizienz, aber auch auf das gesamte Arbeitsklima und die Qualität auswirkt.

Apropos – ein gutes Arbeitsklima ist mir sehr wichtig. Aus dem Grund bin ich morgens auch der Erste, der das Büro betritt und an Kleinigkeiten denkt, wie zum Beispiel das Radio anzuschalten, damit sich die Mitarbeiter, wenn sie die Firma betreten, direkt wohlfühlen.

## Die Kunden

Auch bei den Kunden haben wir einiges verändern können. Mittlerweile erstellen wir Angebote nur noch, wenn es vorher ein persönliches Gespräch gegeben hat, entweder bei den Kunden vor Ort oder bei uns im Büro. Dieser Filter ist wertvoll, weil er uns hilft, uns nur auf diejenigen zu fokussieren, die wirklich Interesse an unserem Produkt haben. Bei uns in der Zentrale ist dafür gesorgt, dass sich unsere Interessenten sofort wohlfühlen, wenn sie ihren Termin wahrnehmen – nicht umsonst nennen wir unser Besprechungszimmer »Wohlfühlraum«, hier haben wir alle Materialien so verbaut, wie wir sie auch in unseren Holzhäusern verwenden. Der Interessent kann das Holz riechen, sehen und mit den eigenen Händen berühren, im wahrsten Sinne des Wortes »ein Gefühl dafür« kriegen. Der nächste Vorteil ist, dass der Kunde, wenn er bei uns anruft, direkt ›einen Stocksiefen‹ am Apparat hat. Auf diese Weise fühlt er sich zu jeder Zeit bestmöglich aufgehoben, weil wir auch stets gedanklich »drin« sind im Auftrag und nicht erst durch drei Abteilungen weiterverbinden müssen. Größere Firmen haben häufig einen externen Architekten, einen Bemusterer, einen Bauleiter – und eben sehr viele unterschiedliche Ansprechpartner, was dazu führt, dass der Interessent sich irgendwann seine Anrufe spart, weil er das Gefühl hat, nicht wirklich durchzublicken.

Wir bearbeiten pro Jahr ungefähr 15 bis 20 Großobjekte, bei größeren Firmen ist es das Drei- oder Vierfache, womit klar ist, dass die individuelle Betreuung hinten überkippt. Wie weiter vorne bereits erwähnt: Der schönste Moment ist der, wenn wir beim Richtfest gemeinsam mit den Kunden eine Bratwurst essen oder eine Cola trinken. »Stocki«, unser kleiner Holzwurm, tut dann sein Übriges. Gerade bei Kindern ist er natürlich sehr beliebt. Mein Onkel hat zu »Stocki« ein wirklich schönes Kinderbuch geschrieben.

# Marketing

Zwischen Weihnachten und Neujahr 2017 wurde unsere Homepage gehackt, was uns veranlasste, eine Generalüberholung der Außenwirkung anzustreben. Wir wollten nicht nur eine neue Homepage, sondern auch ein komplett neues Corporate Design. Es sollte keine Zufälle geben, alles musste aufeinander abgestimmt sein. Unser Marketingberater empfahl uns, das Logo zu überarbeiten. Es sollte nicht mehr unseren Holzwurm Stocki zeigen, sondern etwas ›Erwachsenes‹, was Vertrauen und Sicherheit ausstrahlt. Stocki fraß sich auf unserem alten Firmenlogo durch einen Dachstuhl, und so hätte es die Wirkung haben können, wir würden Holzhäuser mit Schädlingen bauen. Er ging sogar so weit, dass er den Vergleich anstellte, dass Tesla Motors ja auch nicht mit einem brennenden Elektroauto werben würde. Damals hörte sich das für uns schlüssig an, heute denke ich etwas anders darüber, aber ich bin dennoch froh, dass wir uns erneuert haben. Auch hinsichtlich der Außenwirkung muss sich eine Firma entwickeln, und Stocki tut jetzt an anderer Stelle seinen Dienst. Das neue Logo hat sich insofern ausgezahlt, als es uns dabei geholfen hat, hier in der Region wieder bekannter zu werden, eine ›Platzhirschstellung‹ zu erwerben. Was noch fehlte, war ein Slogan, ein Untertitel, der das Gesamtkonzept abrunden würde. Ich fand zum Beispiel den Fußballverein 1. FC Köln interessant, weil dieser mit dem Slogan »spürbar anders« warb. Wie könnte man das auf unser Unternehmen übertragen? »Fühlbar anders«? Auch hier war es wieder unser Marketingberater, der die Idee hatte, das Lied von James Brown »I feel good« zu adaptieren; »feel good« ist nicht weit weg von »feel wood«, und so wurde dann der Slogan »feels wood« daraus. Sinnbildlich steht es dafür, dass unsere Häuser nicht nur einfach ein Bauprojekt sind, sondern das natürliche Lebensgefühl transportieren. Ich bin, auch Jahre später, immer noch sehr glücklich damit.

## Liefergebiet

Früher haben wir unsere Montagen deutschlandweit durchgeführt, wir hatten auch einen externen Verkäufer, was in der Rückschau betrachtet nicht besonders clever war. Wenn wir wegen einer tropfenden Regenrinne durch halb Deutschland fahren mussten, hat uns das viele Ressourcen gekostet, sodass wir uns dazu entschieden, unsere Dienste nur noch regional anzubieten. Eine klare Positionierung ist wichtig für ein Unternehmen, damit es die richtigen Interessenten anzieht und sich auf seinem Fachgebiet stetig verbessern kann.

Der Grund für diesen Schritt waren die sinkenden Gewinne. Zwar verbuchte unsere GmbH Rekordumsätze in den Jahren 2016, 2017 und 2018, aber es blieb immer weniger übrig. Wir konnten diese Entwicklung aufhalten, indem wir uns von dem externen Verkäufer trennten und uns nur noch auf Kunden in unserem Geschäftsgebiet konzentrierten.

## Kommunikation

Die Kommunikation hat sich im Laufe der Jahrzehnte verändert. Als ich noch ein Kind war, so berichtete mir mein Vater, hatte er fünf bis zehn Briefe pro Tag zu bearbeiten. Einige davon hat er beantwortet, andere nicht. Heute herrschen andere Verhältnisse. Pro Tag erreichen mich 40 bis 50 E-Mails, und die meisten Sender erwarten eine Antwort. Natürlich kann ich zwischendurch oder nach Feierabend ein paar dieser E-Mails über mein Smartphone beantworten, das ging früher so nicht. Ich will auch gar nicht sagen, dass das eine oder das andere besser oder schlechter ist. Heute gibt es andere Antwortzeiten und -raten; fast 80 Prozent der kompletten Aufgaben können digital bearbeitet werden.

Als Unternehmer ist es generell hilfreich, sich die Eigenschaften eines Chamäleons anzueignen, um sich immer wieder auf die jeweiligen neuen Aufgaben oder Personen einstellen zu können.

Das habe ich auch durch das Kommunikationstraining verstanden, dass man dem Kunden aufmerksam zuhören muss, um seine Wünsche und Motivationen genau zu verstehen.

Auch die Kommunikation unter Mitbewerbern hat sich gewandelt. Früher hat sich mein Vater kaum mit anderen Firmen verknüpft – heute gehört dies zum guten Ton. Wir nehmen regelmäßig an Unternehmerkonferenzen teil, erweitern einzeln, aber auch als Firma unsere Komfortzone und dringen immer wieder in neue Bereiche vor, um dazuzulernen. Neue Kontakte und Netzwerke sind wertvoll und können immer dann besonders nützlich sein, wenn man am wenigsten damit rechnet.

## Lage, Entwicklung und Ausblick des Bauens

Viele Bauherren, Interessenten und Kunden fragen uns, woran man gute von schlechten Handwerkern unterscheiden kann. Das ist so schwarz/weiß natürlich nicht zu beantworten, oft hilft ein geschulter Blick auf das Gesamtkonzept des Anbieters. Trotzdem möchte ich ein paar meiner Gedanken hierzu niederschreiben.

Ganz generell gilt, dass Preisunterschiede möglich sind. Den Interessenten sollte es nur dann stutzig machen, wenn die gleiche Leistung für 20–30 Prozent weniger als bei der Konkurrenz angeboten wird. Wie immer im Leben gilt hier, dass der Kunde in der Regel draufzahlt, wenn er im ersten Schritt eine ›billige Variante‹ wählt. Gute Qualität muss immer auch gut bezahlt werden; und als Kunde gewinnt man nichts, wenn man am Anfang vielleicht 5.000 Euro spart, aber dann merkt, dass die komplette Dämmung oder der Innenausbau nicht den Erwartungen entspricht oder etwas anderes fehlt, was bei uns im Angebot enthalten gewesen wäre. Deshalb ist es wertvoll, dass wir uns mit den Interessenten direkt zusammensetzen, mit ihnen alles besprechen und ihnen auch jede Frage beantworten können.

Mein Eindruck ist, dass es einen momentanen Trend gibt, dass die Preise auf Baustellen teilweise steigen, aber die Qualität rapide abnimmt. Unabhängig davon, dass teilweise die Kommunikation vor Ort gar nicht mehr möglich ist, ist es ein gefährlicher Trend, weil der Kunde am Ende des Tages ›die Katze im Sack‹ kauft. Er kann als Laie nicht beurteilen, wen er sich an Land gezogen hat – erst dann, wenn das Haus Form annimmt, bekommt er das Ausmaß seiner Investition zu sehen. Und dann muss er hoffen; ist das Objekt so, wie er es sich erträumt und bestellt hat? Falls nicht, hängt er in der Luft. Das kann nicht nur emotional eine herbe Enttäuschung sein, sondern auch finanziell belasten. Im Extremfall kann es auch vorkommen, dass die Polizei oder der Zoll plötzlich an der Baustelle auftauchen. Ich hörte mal von so einem Fall, bei dem plötzlich 1.000 Euro fehlten: Der Trockenbauer hatte sich klammheimlich ins Auto gesetzt und ist davongefahren.

Daneben beobachte ich die Dynamik, dass vermehrt auf jüngeres Personal gesetzt und teilweise die komplette ältere Belegschaft in Frührente versetzt wird. Bei uns in der Branche bekomme ich das mit, aber auch in anderen Bereichen, etwa bei befreundeten Maschinenherstellern bei uns im Dorf. Junge Geschäftsführer glauben häufig, sie könnten das Unternehmen ›mal eben‹ übernehmen, beklagen dann aber hinterher Qualitäts- und Kundenverluste, weil nicht ›mal eben‹ eine Firma mit all ihren Strukturen übernommen werden kann.

In dieser Hinsicht bin ich meinem Vater dankbar, von dem ich weiterhin viel lerne und mit dem ich die Übernahme seit Jahren selbst aktiv gestalten und organisieren kann. Er ist 30 Jahre im Beruf und hat natürlich eine ganz andere Erfahrung, die uns jeden Tag dabei hilft, unseren Kunden die Häuser zu bauen, die sie sich vorgestellt haben.

Es gibt aber auch Positives zu berichten; etwa den Trend, dass sich Bauherren ganz am Anfang Gedanken darüber machen, wie die zweite und dritte Nutzungsphase des Hauses aussehen könnte, etwa dann, wenn man Aussparungen für spätere Aufzüge (für im Alter) oder einen Kamin lassen kann. Oder aber, wenn die Kinder größer werden. Was passiert mit den Kinderzimmern? Kommen hier Räume für Pflegekräfte hin, ein Lesezimmer oder eine neue Wellnessoase? Vieles ist möglich, aber es ist im Nachhinein einfacher, die Wünsche umzusetzen, wenn man diese am Anfang bereits berücksichtigt oder einplant. Manchmal gilt es einfach nur einen Schornstein einzusetzen, oder einen Carport oder eine Garage. Aber häufig stehen größere Ausbauten an, und dass etwa ein ganzer Kaminofen im Wohnzimmer installiert wird.

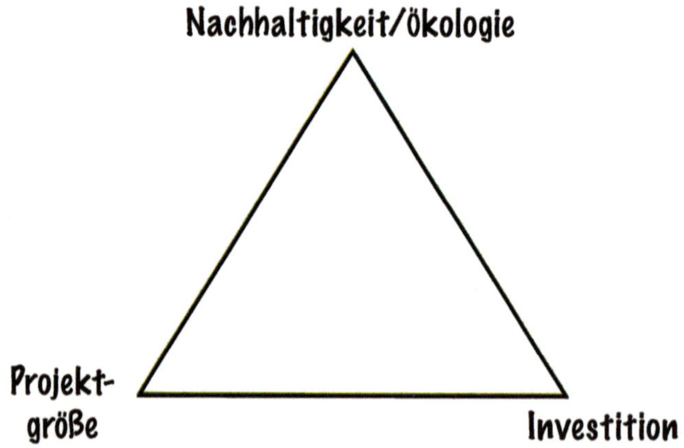

Bei dem auf Seite 128 abgebildeten Vertriebsdreieck, das ich mit Christopher entwickelt habe, geht es um das Zusammenspiel zwischen Ökologie und Nachhaltigkeit, Wirtschaftlichkeit und Projekt- und Hausgröße (Kubatur, Wohnfläche). Alle diese Punkte müssen in Einklang gebracht werden. Verschiebt sich ein Regler an einem Punkt, verändert sich dadurch auch etwas bei den anderen Punkten. Runter- oder Hochregeln in nur die eine Richtung gibt es nicht. Verändert sich die Wohnfläche, hat das Auswirkungen auf den Preis, oder auch dann, wenn der Regler der Nachhaltigkeit verändert wird, etwa durch die Nutzung anderer Materialien (Dämmung, Plattenwerkstoffe et cetera), die nicht so nachhaltig sind.

All diese Punkte mit dem Kunden direkt vor Ort zu besprechen, bereitet mir Freude und ist eine andere Arbeitsqualität als nur in der stillen Kammer Angebote aufzuschreiben und per Post zu verschicken. Es ist wertvoll, den persönlichen Bezug und Kontakt zu den Interessenten und Kunden zu haben, um ihnen auch sofort transparent zeigen zu können, welche Gründe hinter welchen Entscheidungen liegen.

Man muss Sachen auch abgeben können. Wer nicht delegiert, verliert; man kann nicht alle Aufgaben alleine lösen. Auch wenn es schwerfällt, muss man sich von Sachen trennen, die man selbst gern erledigen würde, die einem jedoch Zeit rauben. Ich verweise hier gerne erneut auf die Metapher der Fußballmannschaft: ›Stürmeraufgaben‹ sollten *Stürmer* erledigen, nicht *Verteidiger.*

# KAPITEL 22
# WAS MAN SO ERLEBT …

**Als Geschäftsführer eines Holzbauunternehmens erlebt man Situationen, deren Geschichten allein für sich vermutlich schon ein ganzes Buch füllen würden.** Wer weiß – vielleicht gibt es irgendwann mal eine Fortsetzung dieses Werkes?

Ein paar der Anekdoten haben sich in mein Gedächtnis gebrannt, etwa die über ein Haus in Sankt Augustin, in das wir gerufen wurden. Ein älteres Ehepaar nahm uns freundlich in Empfang und ging mit uns auf den Dachboden. Dort standen wir zu dritt in gebückter Form, und der ältere Mann fragte uns, ob man hier nicht etwas machen könne, er müsse sich immer etwas nach vorne neigen, wenn er mit seiner Eisenbahn spielen wolle.

»Kein Problem«, antworteten wir. Das Dach leicht aufzustocken war tatsächlich sehr gut machbar. Während wir das Haus betrachteten, kamen dem Herrn immer weitere Ideen (wie etwa ein zusätzliches Badezimmer oder ein Gästezimmer für die Enkel, die jedes Jahr an Weihnachten zu Besuch kamen), und so wurde aus der zunächst kleinen Idee eine ›große Sache‹, sodass er letztendlich Aufträge im Wert von mehreren Hunderttausend Euro an uns übertrug. An diesem Beispiel ist gut zu erkennen, wie aus einem kleinen Gedanken schnell größere Investitionen erwachsen können.

Dann gibt es noch die Anekdote über ein Pärchen, das sich gemeinsam ein Holzhaus bauen lassen wollte. Diese beiden haben auf mich einen sehr sympathischen und liebevoll-herzlichen Eindruck gemacht, doch leider hielt deren Beziehung nicht lange. Kurz vor der Bauphase und nach Unterzeichnung der Verträge trennten sie sich, was unsere Zeitplanung gehörig durcheinandergeworfen hat.

Meine Einstellung in solchen Fällen ist mittlerweile, dass das einfach dazugehört. Das »pure Leben« spielt sich eben auch in Firmen ab, die Projekte aus Holz umsetzen. Wir sind vor derartigen Überraschungen nicht gefeit, und in so ziemlich allen Fällen lässt sich dann auch eine gute Lösung konstruieren.

Wie auch bei einem Anbau, den wir vor ein paar Wochen in Bonn setzen sollten. Während der Erdarbeiten ist dann plötzlich das komplette Haus nach unten abgesackt. Der Eigentümer hatte das Haus von einem Portugiesen übernommen, der das Haus damals mehr oder weniger in Eigenregie aufgebaut hat. Das hat sich in der Verarbeitung bemerkbar gemacht und jetzt haben sich die Dinge so entwickelt, dass wir das komplette Haus abreißen und neu aufbauen mussten, obwohl eingangs eben nur der Anbau geplant war.

So etwas kann immer wieder vorkommen, aber letztendlich läuft es immer auf eine Kosten-Nutzenrechnung hinaus. Will der Hausbesitzer in einem Haus wohnen, das ›gerade so‹ und auch nur halbwegs funktioniert? Oder möchte er nicht lieber einmalig etwas mehr investieren, um dann sicherzustellen, dass alles funktioniert und handwerklich sauber aufgebaut ist?

## KAPITEL 23
# HÄUFIG GESTELLTE FRAGEN ZUM HOLZBAU

**Um dieses Buch abzurunden, beantworte ich ein paar der Fragen, die uns von Interessenten am häufigsten gestellt werden.**

Mit Mitte 30 hatte ich bereits 15 Jahre Berufserfahrung und in über 1.000 geführten Kunden- und Verkaufsgesprächen durfte ich lernen, auf was Menschen ihr Augenmerk legen, wenn sie sich für ein Produkt interessieren, das anteilig oder vollumfänglich aus Holz hergestellt werden soll.

Regelmäßig erhalten wir Fragen über unseren YouTube-Kanal (»STOCKSIEFEN – FEELS WOOD«), der mittlerweile über 3.000 Abonnenten und mehr als eine halbe Million Videoaufrufe erreicht hat. Auch du kannst ihn gerne abonnieren und Fragen einreichen!

Als Zimmermeister habe ich überdies Hunderte Vorträge und Präsentationen, die ich bei großen Industrieunternehmen oder hier auf regionalen Bühnen gehalten sowie renommierten Fachzeitschriften diverse Interviews gegeben habe, wie etwa der »MIKADO« oder »Der Zimmermann«. Auch in den regionalen Tageszeitungen »General-Anzeiger« oder »Kölner Rundschau« sowie der Architektenzeitung »Cube« kamen wir bereits vor. Zudem konnte ich im Sommer 2021 mit meiner Holzbau-Rede den Speaker-Slam in der Medienstadt Masterhausen gewinnen.

Seit 2019 lebe ich mit meiner Familie selbst in einem »STOCKSIEFEN-Holzhaus«, dem ersten, das wir je gebaut haben.



*mikado*-Interview

## Klare Ordnung auf dem Dach

Der gestalterische Aspekt spielt bei einem Gebäude immer eine große Rolle – auch im Bereich des Daches. *mikado* sprach darüber mit Zimmermeister Benjamin Stocksiefen, Holzbau Stocksiefen, anhand des kürzlich gebauten Mehrfamilienhauses in Mondorf.

▸ Zimmermeister Benjamin Stocksiefen erklärt die Vorteile eines Steildaches

*mikado:* Sehr geehrter Herr Stocksiefen, das Dach als fünfte Fassade eines Gebäudes besitzt auch immer eine gestaltungs-technische Funktion. Spielte diese Funktion beim Sechsfamilien-Holzhaus im Rhein-Sieg-Kreis bei der Planung auch eine Rolle?

Benjamin Stocksiefen: In diesem Fall hat sich unser Architekt Johannes Nöbel aus städtebaulicher Sicht für ein Satteldach entschieden. Zusammen mit den Nachbargebäuden links und

## „Aus bauphysikalischer Sicht ist ein Steildach sympathischer."

rechts des Mehrfamilienhauses entsteht somit eine Reihung von vier giebelständigen Baukörpern zur Straße hin. Dem ansonsten sehr heterogenen städtebauli-chen Gesamtbild wird somit an dieser Stelle eine klare Ordnung gegeben (siehe Bild unten links).

Welche speziellen Details muss-ten Sie dabei berücksichtigen?

Bei diesem Projekt hatten wir es aus architektonischen und auch städtebaulichen Gründen mit einer Mischung aus Steil- und Flachdach zu tun. Im Treppen-hausbereich sowie bei den Gau-ben haben wir ein Flachdach und die Hauptdachflächen über den jeweiligen Baukörpern sind mit einem Steildach versehen. Hier mussten natürlich die Übergän-ge von Steil- zu Flachdach sauber

gelöst werden. Außerdem kam im Steildachbereich eine ver-deckte Kastenrinne zum Einsatz, um die geradlinige Architektur zu unterstützen. Die Fallrohre blie-ben jedoch sichtbar und stehen jeweils an den Gebäudeecken. Die Flachdachfläche im Gebäu-

demittelteil und die Gauben wurden mit einem Flachdach-gully auf die Satteldachflächen entwässert. Diese Flächen ha-ben dann die Handwerker mit einer Zellulosedämmung aus-geblasen. Die Flachdachflächen erhielten eine Gefälle-Aufdach-dämmung. Die Zellulose er-möglicht den Bewohnern in den einzelnen Wohnungen den som-merlichen Hitzeschutz, den wir im Flachdachbereich, damit ist das Treppenhaus gemeint, ver-nachlässigen konnten – und hierfür die Aufdachdämmung einsetzen konnten.

Den sommerlichen Hitzeschutz konnten unsere Bauherren letz-tes Jahr im Hochsommer auch wirklich „am eigenen Leib" er-fahren, als wir zum „Tag der of-fenen Tür" eingeladen haben. Es war wirklich für die Bauherren und Interessenten in den Dach-geschosswohnungen auffällig kühl, wie sie es von bisherigen Dachgeschosswohnungen nicht gewohnt waren.

Welche Vorteile sehen Sie bei ei-nem Steildach im Vergleich zu einem Flachdach?

Aus bauphysikalischer Sicht fin-de ich die Steildachvariante we-sentlich sympathischer als die Flachdachvariante. Denn die diffusionsoffene Bauweise im Steildach mit der Vollsparren-dämmung, den Unterdachplat-ten sowie der Belüftungsebene unter der harten Eindeckung ermöglicht einen unproblema-tischen Luft- und Feuchteaus-tausch. Dadurch entsteht dann auch in den jeweiligen Räu-men im Dachgeschoss ein gutes Wohnklima.

Bei Flachdachaufbauten ist eine Dämmung zwischen den Sparren immer kritisch, je nachdem, wie der Aufbau darüber aussieht. Hier scheint momentan die Auf-sparrendämmung die einzige langlebige Lösung aus syntheti-schen Baustoffen zu sein.

Herr Stocksiefen, vielen Dank für das Gespräch.

▲ Der Architekt entschied sich aus städtebaulicher Sicht für ein Satteldach

▲ Das erste Sechsfamilien-Holzhaus im Rhein-Sieg-Kreis steht in Mondorf

Vortrag bei der »Mission Starkes Handwerk«,
September 2020 in Düsseldorf

BIGG Change Conference, 2022 in Berlin
Ankündigung

Als Dozent in meiner ehemaligen Meisterschule
(Bundesbildungszentrum des Zimmerer- und
Ausbaugewerbes, kurz: »Bubiza«) in Kassel

Auszeichnung unserer Firma mit dem Excellence
Award von Sven Schöpker 2023 in Frankfurt als eines
von Deutschlands besten Handwerksunternehmen

Mission Starkes Handwerk – Auszeichnung
für »Beste Marketing-Idee 2021«, mit Sven Schöpker

Gewinner »Speaker Slam«, 2021 in Mastershausen

## Speaker

Lerne die Speaker des Zukunftstags 2022 kennen - alle Referenten, die Moderatorin und Barcamp-Experten hier im Überblick:

### Vorträge

#### Benjamin Stocksiefen

**Holzbauer, Nachfolger, Autor und Redner**

Benjamin Stocksiefen führt in vierter Generation die Geschäfte des Familienbetriebs Holzbau Stocksiefen GmbH. Im Jahr 2019 veröffentlichte er sein erstes Buch „Die Feels Wood Story", in dem er über seine emotionale Reise zum Unternehmensnachfolger berichtet und seine persönlichen Erfahrungen teilt. Auf seinem YouTube-Kanal gibt er gemeinsam mit seinem Team Tipps rund um das Thema „Holz und Holzbau". Zusätzlich unterstützt Benjamin Stocksiefen Unternehmensnachfolger*innen bei ihrer Reise der Geschäftsübernahme.

Linkedin
Xing
Facebook
Instagram
YouTube
Website - holzbau-stocksiefen.de/
Website - benjaminstocksiefen.de

#### Urs Meier

**Ehemaliger FIFA-Schiedsrichter, Fußballexperte und Unternehmer**

Urs Meier weiß, was es heißt, tagtäglich mit enormem Druck umzugehen. Als er 2004 offiziell seine Schiedsrichterkarriere beendete, hatte er in 27 Jahren rund 900 Spiele geleitet. In Champions League, UEFA-Cup, WM und EM bewies der Chef der Schweizer Spitzenschiedsrichter, wie man komplexe Situationen analysiert und in Sekundenbruchteilen eine Entscheidung fällt. Als Geschäftsführer eines mittelständischen Unternehmens zeigte er gleichzeitig, dass sich seine Erfahrungen aus dem Profisport problemlos auch auf modernes Management anwenden lassen. Heute ist Urs Meier ein gefragter Berater, Coach und Vortragsredner.

Linkedin
Xing
Instagram
YouTube
Website

#### René Träder

**Psychologe, Journalist und Autor**

Als Psychologe begleitet René Träder seit mehr als 10 Jahren Veränderungsprozesse von Einzelpersonen, Teams und Unternehmen im Rahmen von Coachings, Workshops und Vorträgen. Sein zentrales Thema ist die psychische Gesundheit (Stress-Management, Resilienz und Achtsamkeit), das er auch in seinem 2020 erschienenen Buch behandelt. Außerdem arbeitet er seit rund 20 Jahren journalistisch. So macht er Beiträge für Radiosender, moderiert Sendungen zu psychologischen Themen und ist als Podcaster und bei YouTube zu den Themen psychische Gesundheit und bewusst leben aktiv.

Linkedin
Xing
Facebook
Instagram
Twitter
Podcast - 7mind.de
Podcast - gesundes-miteinander.de
Website

Creaton Zukunftstag, 2022 in Hamburg.

Ankündigung

Creaton Zukunftstag, 2022 in Hamburg.

Speaking

Zur *Holzbau Stocksiefen GmbH*: Wir sind im Jahre 2015 von der Kreishandwerkschaft Bonn/Rhein-Sieg als »Handwerksbetrieb des Jahres« ausgezeichnet worden, sind in dem weltweit größten Unternehmernehmernetzwerk vernetzt und werden fremdüberwacht, um unsere Qualität langfristig zu sichern.

Von Terrassen- und Vordächern über Carports, Dachstühle und jegliche Form von Zimmerarbeiten machen wir alles rund ums Holz – bis hin zur Aufstockung von Etagen und Geschossen, An- und Umbau von bereits bestehenden Häusern und dem kompletten Neubau von Holzhäusern.

Mit der Erfahrung von über 11.000 umgesetzten Holzbauarbeiten und über 450 realisierten Holzrahmenbauten, einer erfolgreichen Unternehmensübernahme und über 12.500 zufriedenen Kunden hier in der Region sind wir seit 70 Jahren ein Fachbetrieb rund um den Holzbau. Acht von zehn Interessenten entscheiden sich für eine Zusammenarbeit mit uns.

2019 sind wir bei einem bundesweiten Wettbewerb aus über 80 Hausbauern auf den 2. Platz in der Kategorie »Projekt des Jahres« gewählt worden, von den Mitgliedern und einer Fachjury, mit einem tollen Kundenprojekt in Troisdorf-Bergheim. Die Hausbauer sind alle bei einem der größten deutschen Holzbauverbände vereinigt, das haben wir als große Ehre empfunden.

2023 dann noch der bisher letzte große Titel für uns. Die Auszeichnung unserer Firma mit dem Excellence Award von Sven Schöpker in Frankfurt als einer von Deutschlands besten Handwerksunternehmen. Das war eine wirklich tolle Teamleistung und zeigt, dass es nur als Team langfristig funktioniert. Jeden Tag bin ich dankbar, ein solch tolles und zuverlässiges Team zu haben.

# Schönstes Haus 2019
# 2. Platz

Und jetzt zu den häufigsten Fragen!

## → Was ist der Unterschied zwischen einem Tischler, einem Schreiner, einem Dachdecker und einem Zimmermann?

Ein Tischler ist ein Schreiner und ein Schreiner ist ein Tischler. Das Berufsbild ist das Gleiche, die Bezeichnungen werden synonym verwendet. Wie der Zimmermann arbeitet der Tischler auch mit Holz beziehungsweise Holzwerkstoffen. Allerdings arbeitet der Tischler in erster Linie im Innenausbau, also dem Möbelbau, fertigt Innentüren an, Tische, Stühle oder auch Einbauschränke. Der Tischler arbeitet sehr fein und auf Millimeterbasis.

Der Zimmermann hingegen ist für die großen und statisch tragenden Holzkonstruktionen verantwortlich. Die Holzdimensionen, mit denen der Zimmermann arbeitet, sind also wesentlich größer als die des Tischlers. Der Zimmermann errichtet Dachstühle aller Art, egal, wie komplex diese sind. Außerdem erstellt er kleinere Holzkonstruktionen wie Carports, Vordächer oder Terrassenüberdachungen. Auch für große Holzkonstruktionen, wie aufwändige Hallenbinderkonstruktionen oder komplette Holzhäuser, ist der Zimmermann zuständig.

Der Dachdecker erledigt alle Abdichtungs- und Verkleidungsarbeiten auf dem Dach. Er steigt auf das Dach, welches der Zimmermann erstellt hat, und dichtet dort die Steildach- und Flachdachflächen mit Dachziegeln oder den unterschiedlichsten Abdichtungsmaterialien ab. Ebenfalls erledigt er die Spenglerarbeiten und bringt die Regenrinne inkl. Fallrohren an dem Objekt an, damit das Wasser definiert in den Abfluss abgeleitet werden kann.

### → Muss Holz chemisch behandelt werden?

Bau(schnitt)holz ist in der Regel Weichholz aus Bäumen wie zum Beispiel Fichte, Tanne oder Kiefer. Es wird hauptsächlich für Dachstühle und untergeordnete Konstruktionen verwendet. Es musste früher zwingend gegen Frischholzinsekten mit einer Borsalzlösung imprägniert werden.

Bauhölzer ohne Imprägnierung findet man häufig bei Einschal- und Betonierarbeiten, sowie im Palettenbau. Heute muss Bauholz technisch getrocknet werden, da es nach DIN nur mit unter 20 Prozent Holzfeuchte eingebaut werden darf.

Als technische Trocknung bezeichnet man Verfahren zum Entzug von Feuchte aus Holz. Man spricht auch von kammergetrocknet, in Unterscheidung zu luftgetrocknetem Holz, welches allein durch abgedecktes Liegen langsam Feuchte verliert.

Ziel kontrollierter Trocknungsverfahren ist die Erreichung der Verwendungsfeuchte des Holzes. Diese liegt meist zwischen acht und 16 Prozent Holzfeuchte (bezogen auf das Gewicht des darrtrockenen Holzes). Zum Vergleich: Waldfrisches Holz enthält rund 40 Prozent Wasser. Nur durch eine kontrollierte Trocknung werden Trocknungsschäden (Reißen, Verschalen, Verwerfen des Holzes) vermieden.

Laut Definition wird Holz während einer technischen Trocknung über mindestens 24 Stunden einer Temperatur von mindestens 55 Grad Celsius ausgesetzt. Durch die Hitze verdampfen flüchtige Holzinhaltsstoffe (Pinen und Caren), die sonst Holzschädlinge anlocken würden. Weiterhin denaturiert die Hitzeeinwirkung im Holz enthaltene Eiweiße, die den Schädlingen als Nahrung dienen.

Technisch getrocknetes Holz ist aufgrund fehlender Duftstoffe für Holzschädlinge unattraktiv. Nur dann, wenn die Möglichkeiten des konstruktiven und des physikalischen Holzschutzes erschöpft sind (wenn Hölzer im Außenbereich immer wieder feucht werden), sollten Sie zu Behandlungsmitteln mit chemischen Stoffen greifen.

Diese versucht man dann so tief wie möglich in das Holz eindringen zu lassen – man spricht deshalb nicht von einem Anstrich, sondern von einer Imprägnierung.

### → Was ist der Unterschied zwischen Holzrahmenbau und Holztafelbau?

Die Holztafelbauweise nutzt vorgefertigte Wand- oder Dachelemente, während der Holzrahmenbau die Holzrahmen direkt vor Ort auf der Baustelle errichtet.

Die Holztafelbauweise ist oft schneller und effizienter, da viele Elemente vorgefertigt werden können. Der Holzrahmenbau erfordert mehr Arbeit vor Ort. Beide Methoden verwenden Holz als Hauptbaumaterial und integrieren das Dämmmaterial zwischen den Holzpfosten (Gefachen) für die Energieeffizienz.

→ **Wie lange hält ein Holzhaus?**

Studien zeigen, dass moderne Holzfertighäuser qualitativ den Vergleich mit Häusern in anderer Bauweise nicht scheuen müssen – sondern im Gegenteil sogar Maßstäbe setzen. Sie genügen allen gesetzlichen Anforderungen an Wärme-, Feuchte-, Brand- und Schallschutz oder übertreffen diese sogar. Die technische Lebensdauer von Holzhäusern kann bei qualitätsorientierter Holzbauweise mehrere hundert Jahre betragen.

Ein guter Beleg sind die jahrhundertealten Holzhäuser in klimatisch rauen Regionen wie den Alpen oder Skandinavien. Das wahrscheinlich älteste Holzhaus Europas steht in Norwegen und stammt aus dem Jahr 1170. Das älteste Fachwerkhaus Deutschlands steht in Esslingen, und wurde im Jahre 1261 gebaut.

Auch moderne Holzbauten bieten eine hervorragende Langzeitperspektive – der konstruktive Holzschutz ist heute so perfektioniert, dass der Dauerhaftigkeit von Holz praktisch keine Grenzen gesetzt sind. Holzhäuser stehen also, was ihre Lebensdauer angeht, denen anderer Bauweisen in nichts nach.

Übrigens hat Albert Einstein im Jahre 1929 ein Holzhaus als Sommerhaus im brandenburgischen Caputh bei Potsdam gebaut. Mittlerweile ist es eine Touristenattraktion, aber das Haus steht dort nach wie vor in gutem Zustand und ist ebenfalls ein Nachweis für die lange Lebensdauer von Holzhäusern.

### → Holzbau oder Massivbau – was ist besser?

Etwa fünf Prozent höhere Investitionskosten müssen beim Holzbau mit einkalkuliert werden.

Da die Wände gegenüber dem Massivbau deutlich schlanker gebaut werden können, fällt die Wohnfläche dagegen rund 10–15 Prozent größer aus. Gerechnet auf den Quadratmeter gleicht sich das aus. Am ehesten zu vergleichen ist unser Holzrahmenbau mit einem hochwertigen Porotonsteinmauerwerk, da beide in der Lage sind, Feuchtigkeit aufzunehmen und wieder abzugeben. Andere Kosten wie Heizung, Elektro und Innenausbau fallen bei beiden Varianten ähnlich an. Beim Holzbau kann hier eventuell durch das saubere Vorverlegen in den Installationsebenen Geld eingespart werden. Viele Ausbaufirmen und Installateure bzw. Elektriker sind beim ersten Kontakt mit Holzhäusern oft skeptisch, später jedoch dankbar, da die Arbeiten ohne Staub leichter von der Hand gehen. Außerdem besteht vom ersten Tag an ein schönes, warmes Wohn-klima.

### → Arbeitet Holzbau Stocksiefen mit Bausätzen und Musterhäusern oder sind alle Bauten individuell geplant?

Alle Projekte sind bei uns individuell geplant. Es gibt Marktbegleiter, die regelrechte »Kataloge« führen, aus denen sich der Kunde eins aussuchen kann. Wir machen das nicht und wollen dem Kunden stattdessen ermöglichen, dass er sich sein Traumhaus von Anfang an gestalten und zusammen mit uns in die Realität umsetzen kann.

Bei der Planung wird berücksichtigt, wo das Grundstück liegen wird, wie die Ausrichtung ist, ob eine Hanglage vorliegt, ob es einen Keller geben soll – und so weiter und so fort. Hier kann es keine Planung »von der Stange« geben, wir wollen alle Umstände sauber berücksichtigen.

Anders ist es, wenn die Bauherren komplett individuelle und eigene Architektenpläne mitbringen, die wir »nur noch« umzusetzen brauchen. Und, natürlich: Bei Aufstockungen, Umbauten und Anbauten gibt es keine Standardvorlagen, diese werden immer individuell angefertigt, weil die Bestandsimmobilie eigene Maße mitbringt.

### → **Wie sieht es mit dem Schallschutz aus?**

Bei allen Häusern in Leichtbauweise – auch bei Häusern im Holzrahmenbau – ist der Schallschutz ein großes Thema. Aus diesem Grund gibt es ein umfangreiches Regelwerk für den Schallschutz bei Gebäuden.

Schallschutzdefizite sind nicht dem Holz anzulasten, sondern unabhängig vom Baustoff einer mangelhaften baulichen Ausführung. Moderne Holzhäuser erfüllen nicht nur die üblichen Schallschutz-DIN-Normen im Hochbau, sondern bei entsprechender Vorsorge auch problemlos die Anforderungen an erhöhten Schallschutz. Möglich ist dies durch den grundsätzlich mehrschichtigen Aufbau von Wänden und Decken. Aus einer Vielzahl von Werkstoffen werden je nach gewünschter Schallschutzanforderung die besten Materialien ausgesucht und so miteinander kombiniert, dass die Schallübertragung optimal vermindert wird. Hochgedämmte Holzkonstruktionen sind vergleichsweise dünn und bieten dadurch mehr Wohnraum.

Alle Decken und Trennwände müssen so gestaltet und ausgeführt werden, dass sie die vorgeschriebene Trittschall- und Luftschalldämmung erreichen. Damit das möglich ist, sind Trenndeckenkonstruktionen üblich, die sowohl im mehrgeschossigen Holzbau als auch im Massivbau mit mehreren Stockwerken zum Einsatz kommen.

## → Welches Fundament benötigt ein Holzhaus?

Grundsätzlich ist eine Bodenplatte beim Hausbau der Übergang zwischen Boden und Haus. Deswegen ist es weder empfehlenswert noch möglich, ein Holzhaus ohne Bodenplatte zu bauen, denn irgendeine Art von Übergang wird immer benötigt. Eine Bodenplatte bietet zahlreiche Vorteile, zu denen unter anderem eine besonders hohe Stabilität und eine zuverlässige Dämmung gehören. Das ist wichtig, da der Untergrund unter einem Haus eine durch Hitze und Kälte entstehende Eigenbewegung besitzt. Eine Bodenplatte gleicht diese aus und verhindert, dass das Haus dadurch Schaden nimmt.

Hierfür wird die Bodenplatte auf das Fundament, die sogenannte *Gründung*, gegeben.

Wie bei jedem Gebäudetyp hängt das Fundament für ein Holzhaus von der Größe und Nutzungsart ab. Während ein kleines Gartenhaus meist mit Punktfundamenten auskommt, muss ein Wohnhaus mit professionellen Boden- oder Sohlplatten versehen werden. Größter Unterschied zu Steinhäusern ist die Befestigungsart der Holzkonstruktionen. Beton ist das am weitesten verbreitete Baumaterial für die Bodenplattenkonstruktion. Seine Wärmeschutzeigenschaften sind aber nicht die besten, deshalb sind aufwändige Dämmungen schon im Vorfeld beim Bau erforderlich. Bei Bodenplatten, Geschossdecken, aber auch Dachelementen, kann man auf natürliche Baustoffe setzen – das ist eine gute und ökologische Alternative, da Holz ein nachwachsender Rohstoff ist. Auch hinsichtlich der Wärmedämmung gibt es hier Vorteile.

Bodenplatten aus Holzfertigelementen: Massivholztechnik kann helfen, Beton im Baubereich fast völlig überflüssig zu machen.

Auch die Bodenplatte muss nicht mehr aus Beton gegossen werden; hier gibt es ebenfalls schon Alternativen aus Massivholz-Fertigelementen. Ein Haus, ganz ohne Beton!

Beton hat vergleichsweise schlechte Wärmedämmeigenschaften. Bodenplatten und Geschossdecken sowie Dachelemente müssen daher aufwändig zusätzlich gedämmt werden, oft kommen dabei ökologisch nicht unbedenkliche Materialien zum Einsatz. Holz hingegen dämmt von Natur aus schon fast 20 Mal besser als Beton – eine zusätzliche Dämmung kann also entfallen.

Durch eine Bodenplatte aus einem Massivholz-Fertigelement kann einerseits auf teure zusätzliche Dämmmaterialien verzichtet werden, andererseits werden auch viele Arbeitsschritte gespart, die sonst bei den jeweiligen Fachunternehmen teuer bezahlt oder in Eigenregie erbracht werden müssen.

## → Ist ein Holzhaus günstiger als ein Steinhaus?

Wenn angehende Hausbesitzer Holzhaus und Steinhaus miteinander vergleichen, sind die Kosten ein wesentlicher Faktor. Das Hessische Ministerium für Wirtschaft, Energie, Verkehr und Landesentwicklung hat zu diesem Thema vor einigen Jahren eine Studie veröffentlicht. Demnach ergibt ein Vergleich zwischen Holzhaus und Steinhaus bei gleichem Standard und gleicher Ausstattung sehr ähnliche Kosten. Gleichzeitig gelten Holzhäuser aber, zum Beispiel aufgrund kürzerer Bauzeiten, als wirtschaftlicher.

Wirtschaftlichkeit von Holzhäusern bei identischen Errichtungskosten mit einem Steinhaus:

Besserer Wärmeschutzstandard → geringere Betriebskosten.

Größere Wohnfläche bei gleicher Grundfläche → höhere Mieteinnahmen → höherer Verkaufserlös → höhere Wohnqualität

Kürzere Bauzeiten → kürzere Zwischenfinanzierung → verminderte Belästigung bei Baumaßnahmen im Bestand → früherer Einzug möglich dadurch ggf. Einsparung von Wohnungsmieten → Kosten für Standzeiten der Baustelleneinrichtung wie Kran, Gerüst, etc. sind niedriger

Geringeres Gewicht → Wesentliche Voraussetzung für die Realisierung von Baumaßnahmen im Bestand, Aufstockungsmaßnahmen

## → Feuchtigkeit im Haus (Wasserschaden, Rohrbruch oder ähnliches) – was tun?

Abgesehen davon, dass ein Wasserrohrbruch bei keiner Hausart ein schönes Ereignis wäre, bietet ein Holzhaus in dieser Situation Vorteile. Grund dafür ist der Faktor Zeit. Im Gegensatz zu einem Massivhaus werden feuchte Stellen in Holzwänden oder Decken schnell sichtbar und ermöglichen eine schnelle Reaktion. Dadurch kann meist ein größerer Schaden vermieden werden.

Das Holz saugt das Wasser nicht so wie Konstruktionen aus Beton und trocknet bei guter Lüftung schnell von selber aus. Dies ist der Vorteil des sogenannten diffusionsoffenen Aufbaus unserer Holzhäuser. Unsere Materialien nehmen die Feuchte zwar auf, geben diese aber auch nach und nach wieder ab. Speziell die tragende Holzrahmenkonstruktion nimmt dadurch so schnell keinen Schaden.

Sollte es doch zu einem größeren Schaden kommen, sollte dieser natürlich nur durch eine Fachfirma wie uns behoben werden. Das kommt allerdings zum Glück nur selten vor.

## → Wie stabil ist ein Holzhaus, im Falle starken Windes oder eines Erdbebens?

Holz ist ein elastischer Werkstoff, der in der Lage ist, teilweise auch extreme Verformungen aufzunehmen. Unser Holzrahmenbau wird mit der Bodenplatte mit sogenannten Zugankern sauber verbunden, und ist somit stabil auf der Bodenplatte befestigt. Oben liegt dann der Gebäudekorpus oder der Projektkörper, der elastisch ist, und so in Extremsituationen (bei Erdbeben, Wind und ähnlichem) in der Lage ist, leichte Verformungen aufzunehmen und auszugleichen.

## → **Was bedeutet ›gesundes Wohnklima‹?**

Unser Wohlbefinden in geschlossenen Räumen hängt von den baulichen Gegebenheiten und vom Heiz- und Lüftungsverhalten ab.

*Behaglichkeit*

Ob ein Raum als behaglich wahrgenommen wird, hängt von verschiedenen Faktoren ab. Unser Behaglichkeitsgefühl in Innenräumen wird nur etwa zur Hälfte durch die Lufttemperatur bestimmt. Die andere Hälfte des Empfindens wird durch die Oberflächentemperatur an Wänden, Fenstern, Böden und Decken sowie die Luftfeuchte, -bewegung und -qualität beeinflusst. Als angenehm und behaglich werden bei einer relativen Luftfeuchte von 35 bis 60 Prozent Temperaturen zwischen 19–22 Grad Celsius empfunden. Zur Kontrolle der Wohnqualität sollten diese Werte regelmäßig mit einem handelsüblichen Thermo-Hygrometer (Thermometer und Luftfeuchtigkeitsmessgerät) überprüft werden.

*Raumklima*

Das Raumklima wird stark von der Luftfeuchtigkeit beeinflusst. Als organischer Werkstoff besitzt Holz die Fähigkeit, seinen Feuchtegehalt dem umgebenden Klima anzupassen. Bei hoher Luftfeuchte entzieht es der Raumluft Wassermengen, die bei trockener Luft wieder abgegeben werden. Eindrucksvoll zeigt sich diese »hygroskopische Wirkung« von Holz, wenn es darum geht, Werte zwischen 80 Prozent relativer Luftfeuchtigkeit an schwülen Sommertagen, und 20 Prozent während der Winter-Heizperiode auszugleichen. Durch unsere Holzfaserdämmstoffe mit hohem spezifischem Gewicht wird zugleich ein optimaler sommerlicher Hitzeschutz erzielt. Es stellt sich also ein gleichbleibend ausgeglichenes Raumklima ein.

## → **Was ist ein Blower-Door-Test?**

Mit dem Differenzdruck-Messverfahren (auch: Blower-Door-Test) wird die Luftdichtheit eines Gebäudes gemessen. Das Verfahren dient dazu, undichte Stellen in der Gebäudehülle aufzuspüren und die tatsächliche Luftwechselrate zu bestimmen.

Der Blower-Door-Test gliedert sich in drei Phasen:

In der ersten Phase wird ein konstanter Unterdruck von 50 Pa oder etwas höher erzeugt und aufrechterhalten. Während dieser Phase wird die Gebäudehüllfläche nach Leckagen (undichte Stellen) abgesucht, an denen Luft unerwünscht hereinströmt. Bei der späteren Nutzung des Gebäudes sind diese Leckagen die Stellen, an denen beheizte Innenluft nach außen entweicht. Größere Fehlstellen lassen sich bereits mit der Hand erfühlen, für kleinere benutzt man Rauchspender (Rauchmaschinen) oder Luftgeschwindigkeitsmesser. Die genauesten Messungen der Luftleckagen sind mittels Infrarotkamera möglich. Auch die Nachweisführungen der undichten Bereiche werden durch die Infrarotbilder sehr exakt und anschaulich wiedergegeben. Somit ist eine gezielte Nachbesserung der Undichtigkeiten an der dichtenden Ebene von Gebäuden möglich.

In der zweiten Phase wird ein Unterdruck aufgebaut, wobei man mit kleinen Drücken (10–30 Pa) beginnt und schrittweise (zum Beispiel in 5–10 Pa-Schritten) bis auf den Enddruck (60–100 Pa) erhöht. Bei jedem Schritt wird der jeweilige Luftvolumenstrom in Abhängigkeit von dem Gebäudedruck gemessen und protokolliert.

In der dritten Phase wird ein Überdruck erzeugt und die Messung wird analog zur Unterdruckmessung wiederholt.

Für eine Blower-Door-Untersuchung an einem Einfamilienhaus vor Ort muss eine Zeit von ungefähr einer bis anderthalb Stunden veranschlagt werden. Voraussetzung ist, dass das Volumen und die Grundflächen des Gebäudes innerhalb der dichtenden Ebene ermittelt werden. Nach Abschluss der Messungen bekommt der Hausbesitzer ein Zertifikat über die Qualität der gemessenen Gebäudehülle, falls die Grenzwerte nach Norm nicht überschritten wurden. Diese liegen derzeit bei 3,0 h−1 für Wohngebäude und 1,50 h−1 für Wohngebäude mit Lüftungsanlage.

## → Welches Holz wird verwendet?

Das verwendete Holz kommt üblicherweise von der Fichte und auch der Tanne, im Fachjargon nennt man das Konstruktionsvollholz, abgekürzt auch KVH.

Die Hölzer werden in einer Trockenkammer in einem technischen Verfahren getrocknet, wodurch sie eine Restfeuchte von 15 bis 18 Prozent erhalten und dadurch zu trocken sind für Schimmelpilze oder Insekten. Wir können das Holz naturbelassen einbauen und haben vom ersten Tag den schönen natürlichen Holzgeruch in der Nase. Früher war das anders; da stand das Holz noch im Wald und wurde dann am nächsten Tag bereits verarbeitet und war natürlich noch sehr feucht und musste chemisch behandelt werden. In der Rohbau- und auch in der Wohnphase hat das Holz extrem ausgedampft, weil es austrocknen musste, was nicht sehr gesundheitsförderlich war. Das KVH wird üblicherweise in Längen von drei bis vier Metern hergestellt und die Stöße werden miteinander verbunden. Dies ermöglicht eine optimale verschnittfreie Produktion und Hölzer mit einer Länge von 13 bis maximal 15 Metern, was von dem Zuschnitt und dem Transport abhängt.

KVH eignet sich ideal für den Holzrahmenbau und kommt auch in unserer Firma zum Einsatz. Durch die Trocknung und einem herzgetrennten Einschnitt ist KVH besonders dimensionsstabil und hat eine hohe Passgenauigkeit. KVH gibt es in Qualitätsstufen SI für den sichtbaren Bereich und NSI für den nicht-sichtbaren Bereich.

Wir sind hinsichtlich der Dimensionen limitiert. Das KVH gibt es in den Stärken 12 × 24, das Maximum, das aus einem Baumstamm rausgeschnitten werden kann. Das bringt uns zum BSH, dem Brettschichtholz, auch Leimholz genannt. Bei diesem werden mindestens drei Schichten technisch getrockneter Bretterfaser parallel verleimt. Dadurch lassen sich Hölzer in großen Dimensionen mit hoher Tragfähigkeit herstellen. Es hat ideale technische und statische Eigenschaften, ist belastbar und eignet sich dadurch für tragende große Konstruktionen.

Die Lamellen sind vier Zentimeter stark, sodass die Dimensionen immer in vier Schritten bestellt werden können. Aufgrund der besseren Eigenschaften ist BSH hochpreisiger als KVH. Auch unsere Halle ist mit großen Leimbindern versehen, um große Tragweiten zu überbrücken. Bei ihren Einsatzgebieten überschneiden sich beide Holzarten öfter, zum Beispiel sind die großen tragenden Fette wie hier bei einem Dachstuhl aus BSH, während die normalen Sparren aus KVH sind. Gegenüber dem früher verwendeten klassischen Bauholz haben KVH und BSH klar den Vorteil der Maßhaltigkeit, höheren Tragfähigkeit und Stabilität.

### → **Kann man ein Holzhaus verputzen?**

Das ist eine häufig gestellte Frage, die daraus resultiert, dass viele Leute bei dem Begriff Holzhaus an ein Haus denken, wie man es häufig im Süden oder im Skiurlaub sieht. Für diese ist dann ein Holzhaus eines aus dicken Blockbohlen, bei dem sowohl innen als auch außen nur Holz zu sehen ist. Oder wir blicken nach Kanada, wo bei Rundstammhäusern einfach Baumstämme aufeinandergestapelt werden.

Die Wahrheit ist: Ein Holzhaus kann ganz normal verputzt werden. Deswegen beschreibe ich unsere Bauweise auch gerne als modernen Fachwerkbau. Eigentlich ist es nichts anderes – wir haben das Holzrahmenwerk, bei dem wir die Gefache eben nicht, wie früher, mit Lehm ausfüllen, sondern mit sehr nachhaltiger ökologischer Holzfaser- oder Zellulosedämmung, und außen haben wir zum Beispiel eine Holzweichfaserplatte als Putzträger, die normal verputzt werden kann. Im Innenbereich gibt es eine Vollholzschalung oder einen Plattenwerkstoff, der die Wände aussteift.

## → **Wie wird ein Holzhaus gebaut?**

Es geht meist viel schneller, ein Holzhaus aufzubauen, als ein Haus aus anderen Materialien. Die Planungszeit ist teilweise minimal aufwendiger, weshalb es am Ende keinen großen Unterschied macht. Grob gesagt ist der Ablauf so, dass aus den Bauantragsplänen unseres Planers das Haus am Computer in 3D gezeichnet wird. Somit hat der Kunde die Möglichkeit, sein Haus schon mal – wenn auch vorerst nur digital – zu begutachten. Wenn er das Haus oder das Projekt verabschiedet hat, ist es uns möglich, die Materialien zu bestellen.

Der Fensterbauer kann also beispielweise seine Fenster bestellen und zeitnah einbauen, wenn wir es aufgestellt haben, der Betonbauer kann seine Bodenplatte oder den Keller vor Ort nach unseren Plänen produzieren und der Dachdecker kann seine Dachziegel bestellen. Elektriker und Installateur können ihre Arbeiten ebenfalls planen.

Das alles kostet Zeit und Planungsaufwand, rechnet sich aber insofern, als die Umsetzung auf der Baustelle hinterher um einiges schneller geht. Große Wandelemente werden im Betrieb in Niederkassel angefertigt. Diese werden auf unsere Tieflader geladen, die Hölzer vorher entsprechend zugeschnitten.

Unser Rohbau dauert je nach Architektur ungefähr zwei bis drei Tage, bis er steht. Dann kommt der Fensterbauer und montiert seine Fenster. Innerhalb von zwei Wochen steht das komplette Haus. Die komplette Bauzeit beträgt in der Regel, wenn keine Eigenleistungen gemacht werden, maximal drei bis vier Monate bis zum Einzug.

### → **Was ist Holzrahmenbau?**

Um diese Frage zu beantworten, skizziere ich zunächst, was es generell für Holzhäuser gibt.

Es gibt das Holzrahmenhaus, was ich als modernen Fachwerkbau bezeichnen würde, bei dem man einen Holzrahmen hat. Die Gefache werden mit nachhaltigen Baustoffen ausgefüllt, innen kommt eine Holzschalung drauf, und außen eine Putzträgerplatte oder eben auch wieder eine Holzschalung. Dadurch entstehen sehr schlanke Wandaufbauten.

Dann gibt es den Massivholzbau, hier hat man großformatige schlanke Vollholzwände. Hier kommt es auf die Sicht- und Nichtsichtqualität an. Die Maße liegen irgendwo zwischen acht und 20 Zentimeter, und damit sind diese häufig zu dünn oder kommen dem Dämmanspruch nicht nach, weshalb nochmals ein dünnes Holzrahmenwerk oder eine Dämmplatte vorgesetzt wird. Wegen dieser unterschiedlichen Arbeitsschritte ist diese Bauweise hochpreisiger als der Holzrahmenbau. Bei den Massivholzwänden ist zu beachten, dass es keine Installationsebenen gibt, in die Leitungen und Rohre verlegt werden.

Als dritte Variante gibt es noch das klassische Blockhaus. Hier gibt es Rundhölzer oder Rechteckbohlen, die aufeinandergestapelt und so ausgebildet werden, dass man entweder auch ein Rahmenwerk davorsetzt, um die Dämmung zu erhalten, oder es ist ein zweiteiliger Aufbau, in dem quasi innen und außen Doppelbohlen sind, in denen der Zwischenraum ausgedämmt wird. Diese Variante ist von der Kostenstruktur her die kostenintensivste Variante.

→ **Was taugen moderne Baustoffen wie Miscanthus oder Paulownia?**

Ich sehe es mittlerweile als meine persönliche Mission an, mit der Holzbaufirma unseren Beitrag zur Rettung des Planeten zu leisten. Da kommt es nur gelegen, dass unsere Branche vor einigen Monaten auf zwei Materialien gestoßen ist, die uns dabei helfen.

Einerseits das Holz des *Paulownia*-Baumes, auch Blauglockenbaum oder Kiribaum genannt. Die Baumart aus Ostasien erreicht ein jährliches Wachstum von bis zu vier Metern und ist dort weit verbreitet. Je nach Art werden sie bis zu 15 Meter hoch, mit einem Stammdurchmesser von 30 bis 60 Zentimetern. Bereits nach zehn Jahren sind die Bäume ausgewachsen. Die Besonderheit ist das Loch in der Mitte, das mit zunehmenden Alter zuwächst. Eigentlich sind Paulownien Zierbäume, die ihrer schönen Blüte wegen beliebt sind, doch mit der Zeit kamen seine Verwendungsvorteile zum Vorschein, sowohl in Bezug auf die Verarbeitung als auch auf die Nachhaltigkeit. Das Gewicht des Holzes ist mit zirka 300 Kilo pro Kubikmeter sehr leicht – Fichte und Tanne, die wir aktuell als Bauholz nutzen, wiegen zirka 430 bis 450 Kilo pro Kubikmeter. Trotz des geringen Gewichts hat das Paulownia-Holz eine besondere Tragfähigkeit und Stabilität und ist dennoch weich und lässt sich gut verarbeiten, beizeiten wurde es gar als das *Aluminium* unter den Hölzern bezeichnet. Seine Entflammbarkeit liegt bei 420 Grad Celsius, andere bei 250 Grad. Zudem trocknet das Holz ziemlich schnell, binnen weniger Monate erreicht es an der Luft eine Restfeuchte von 10 bis 12 Prozent. Bei technischer Trocknung kann dieser Wert sogar nach sieben Tagen erreicht werden. Es bleibt dann auch dabei, ist also in der Form stabil und es entstehen eben keine Verdrehung oder Verkrümmungen durch die Trocknung.

Der andere Baustoff heißt *Miscanthus* und wird auch *Chinaschilf* oder *Elefantengras* genannt. Das ist eine in Asien verbreitete Grasart, die den Vorteil hat, dass sie mit bis zu fünf Zentimetern am Tag rasend schnell wächst. Zudem ist sie hinsichtlich Bodenbeschaffenheit oder Düngung anspruchslos beim Anbau, lange lagerfähig, kann gut verarbeitet und unbedenklich entsorgt werden. Die Pflanze bindet während ihres Wachstums zudem pro Hektar Anbaufläche zirka dreißig Tonnen $CO_2$, was insbesondere für den ökologischen und nachhaltigen Aspekt ziemlich wichtig ist.

In einem Studienprojekt der Universität Bonn und dem Bioinnovation Park Rheinland e. V., an dem wir mit unserer *Holzbau Stocksiefen GmbH* teilnehmen, werden sowohl die Verwendung des Paulownia-Holzes erforscht als auch die Eigenschaften von Miscanthus als Dämmmaterial. Bei einem Großteil der Wärmedämmverbundsysteme in Deutschland wird immer noch Polystyrol als Dämmstoff verwendet, hier müssen wir uns neben den vorhandenen und nachhaltigen Putzträgerplatten aus Holzweichfaser auf jeden Fall um nachhaltige Alternativen kümmern. Miscanthus kann sowohl in Dämmplatten, loser Dämmung als auch beim Putz seine Verwendung finden.

Es hat hervorragende baustatische und bauphysikalische Eigenschaften, sogar ähnliche wie synthetische Dämmstoffe – und ist dabei noch recyclingfähig. Es ist wesentlich feuerfester als Styropor, das bekanntlich sehr schnell brennt, was an dem in der Pflanze enthaltenen Kalk liegt. Miscanthus ist ein Hoffnungsträger für einen nachwachsenden und ressourcenschonenden Baustoff.

## → Welche Eigenleistungen sind bei den Holzprodukten möglich?

*Holzbau Stocksiefen* bietet verschiedene Produkte aus Holz an: Anbau, Umbau, ein komplettes Holzhaus, Carports, Garagen – alles ist möglich. Häufig wollen die Bauherren selbst Hand anlegen, was definitiv möglich ist. Die Spanne ist weit. Wir machen entweder alles, oder aber der Bauherr bringt sich selbst oder mit eigenen Firmen ein, die gewisse Elemente konzipieren sollen – Flexibilität wird bei uns groß geschrieben.

Manche Bauherren möchten von uns nur die regendichte Gebäudehülle oder den Holzrohbau haben, weil sie einen eigenen Fensterbauer und Dachdecker mitbringen. Andere wollen ein komplettes Haus von uns angeboten bekommen, also dass alle Firmen und Beteiligten aus unserem Netzwerk mit dabei sind. Die Abrechnung erfolgt dann über die einzelnen Firmen.

Der Bauherr kann natürlich auch handwerklich tätig werden. Das kann bedeuten, wenn wir im Innenbereich sichtbare Holzbalkendecken haben, die noch gestrichen werden müssen, dass diese Arbeit von den Bauherren selbst bei uns im Werk verrichtet werden kann. Damit lässt sich einiges an Geld sparen und der Bauherr hat das Gefühl, ›mitzuarbeiten‹. Wenn eine Holzfassade außen angebracht oder montiert wird und einen Anstrich erhalten soll, wäre so etwas auch in Eigenleistung möglich. Klassische Streicharbeiten, aber auch im Innenausbau einiges, was die Bauherren einsparen können, zum Beispiel die Installationsebenen, die montiert werden müssen, und die dazu dienen, Dämm- und Schalarbeiten im Innenbereich zu vollziehen. Wenn wir unseren Holzrahmenbau aufstellen, steht schnell der Rohbau. Dann müssen, wenn Heizungsbauer und Elektriker ihre Leitungen und Rohre verlegt haben, die Außenwände sowie die Innenwände, die noch einseitig offenstehen, geschlossen werden. Auch hier kann der Bauherr in Eigenleistung tätig werden und dafür sorgen, dass die Dämmung überall eingebracht und noch mal eine Holzschalung aufgebracht wird. Dann, meistens macht das schon der Trockenbauer, wird noch eine Gipskartonplatte oder eine Lehmbauplatte montiert.

Das sind alles Arbeiten, die der Bauherr gut verrichten kann, weil das eine Fleißarbeit darstellt, bei der nicht viel falsch gemacht werden kann, auch nicht in Bezug auf die Luftdichtung oder die Statik.

→ **Kann man etwas Schweres aufhängen im Holzhaus?**

Selbstverständlich *ja*!

Diese Frage resultiert aus den Häusern, die in den 70er- und 80er-Jahren in Amerika gebaut wurden, bei denen es einen Holzrahmen gab und eine Platte innen und außen. Hier ließ sich nichts festmachen. Dadurch, dass es nur sporadisch ausgekleidete Außenwände gab, gab es auch keine Leitungen oder Steckdosen; die Steckdosen befanden sich an den Innenwänden.

Heutzutage möchte man auf den Komfort, innen etwas aufhängen zu können, natürlich nicht verzichten, und genau das ist möglich durch die zusätzliche Holzschalung, die wir im Innenbereich auf der Installationsebene montieren. Hier kann man mit etwa einer Vollgewindeschraube einen Küchenschrank, Fernseher oder Bilder aufhängen.

Die Rückmeldung vieler Bauherrn ist dahingehend positiv, da auch nicht mehr aufwendig gedübelt werden muss.

### → **Wie häufig muss ein Holzhaus gestrichen werden?**

Das Holzhaus an sich muss nicht gestrichen werden, nur dann, wenn eine Holzfassade gewählt wird. Im Innenbereich muss ebenfalls nichts gestrichen werden, wenn man dort Holz verwendet, das kann naturbelassen bleiben. Man kann hier streichen – die meisten Kunden lassen es aber so. Im Außenbereich gibt es dann verschiedene Möglichkeiten, auch hier ist die Frage, ob überhaupt gestrichen werden muss. Wenn ja, sollte man die Witterungsverhältnisse mit einbeziehen: Welche Teile der Außenfassade werden voraussichtlich eher durch das Wetter in Mitleidenschaft gezogen? Hier kennt man es von Holzfassaden, die natürlich vergrauen und komplett tiefschwarz werden. Es spielt eine Rolle, ob Fichte, Tanne oder Lärche verwendet wird, diese werden mit der Zeit dunkler, vor allem dann, wenn es regnet oder schneit. Vielen Bauherren gefällt das; manche Bauherren wählen einen Mittelweg und benutzen eine sogenannte Vergrauungsglasur.

Damit streicht man die Fassade einmal komplett in grau vor, und in den Bereichen, die stärker verwittert werden, geht es in eine natürliche Vergrauung über. In anderen Bereichen bleibt es in dem jeweiligen Grauton. So haben wir das auch schon häufiger verwendet, das ist ein schönes Mittelding.

Auch gibt es die Variante, es komplett »vergrauen« zu lassen. Hier muss man gar nicht in den Prozess eingreifen. Oder, wenn es knalligere Farben sein sollen, streicht man regelmäßig, alle zwei bis drei Jahre, die Fassade neu. Es gibt inzwischen auch eine Firma, die ein gutes Produkt dafür herausgebracht hat. Das ist eine mineralische Farbe (ganz fein gemahlener Stein), ein vierfacher Anstrich, der auf das Holz aufgebracht wird.

Durch das Aufbringen verbindet sich der Stein mit dem Holz und ist entsprechend widerstandsfähig und kann auch farbig ausgestaltet werden, worauf der Hersteller sogar 20 Jahre Garantie gibt. Das ist dann wirklich vergleichbar mit einem Außenputz.

Es ist schön zu sehen: Wenn man im Außenbereich zwingend das Holz sichtbar haben möchte, aber farbig ausgestaltet, gibt es hierfür unzählige Möglichkeiten. Wir beraten unsere Kunden gerne und passen unsere Empfehlung deren Wünschen an.

### → Ist ein KfW-Effizienzhaus möglich?

Mit unserem Wandaufbau ist das möglich, es hängt allerdings von der Haustechnik ab, die dann nachher in das Gebäude verbaut wird. Pauschal lässt sich das nicht sagen, das energetische Gesamtkonzept muss zusammenpassen, unsere Gebäudehülle bekommt das problemlos hin.

### → Gibt es bei Stocksiefen Fertighäuser?

Nein!

Bei Fertighäusern denken viele an (frühere) Häuser aus Amerika, die bei einem Tornado oder starken Winden durch die Gegend geflogen sind. Es wurden damals auch Materialien verwendet, die gesundheitsschädlich waren. Holzhäuser hatten da wahrlich nicht den besten Ruf.

Das hat sich komplett gewandelt, spätestens als wir 2015 das Sechsfamilienhaus gebaut haben – jetzt konnten die Menschen sehen, dass unsere Häuser sehr massiv und robust sind.

Häuser von Stocksiefen sind hochwertige ›Einzelstücke‹ und mit einem klassischen Fertighaus nicht vergleichbar. Das ist wichtig, wenn es bei den Banken um die Finanzierung geht, da Fertighäuser wesentlich schlechtere Versicherungskonditionen nach sich ziehen würden. Wir bauen also nur Häuser, bei denen die Banken die gleichen Spielräume haben wie bei anderen Massivhäusern.

### → Brauchen die Holzhäuser eine Lüftungsanlage?

Betten wir die Antwort in einen Kontext. Der Gesetzgeber empfiehlt oder schreibt in vielen Fällen sogar eine Lüftungsanlage vor, ja, aber mit dieser Regelung sind wir nicht ganz glücklich.

Bei dieser Vorgabe wird in keiner Weise berücksichtigt, ob nachhaltige Baustoffe verwendet werden, um einen Feuchtigkeitsaustausch zu generieren. Wir lassen ein schönes Raumklima in einem Holzhaus entstehen und setzen dafür natürliche und hochwertige Materialien ein. Diese hygroskopischen Baustoffe sorgen dafür, Feuchtigkeit aufzunehmen und wieder abzugeben. Wir verwenden dafür größtenteils nur Stoffe, die aus der Natur kommen.

Auf der Innenseite müssen auf den ersten sieben oder acht Zentimetern so viele hygroskopische Baustoffe wie möglich enthalten sein, damit wir sicherstellen, dass die Feuchtigkeit aufgenommen und wieder abgegeben wird. Dafür sorgen wir mit unseren Materialien, und können daher auch guten Gewissens ohne Lüftungsanlage bauen.

Bei einem Massivbau oder einem Holzhaus, bei dem eine Folie oder ein synthetischer Baustoff in diesem Bereich eingesetzt wird, vergleiche ich das gerne mit dem Bild eines Gummistiefels, der zwei Wochen lang getragen wird.

Hier kann auch keine Feuchtigkeit entweichen. Und genau das ist das Problem. Dann müsste in ein Holzhaus oder generell jedes Haus eine kontrollierte Be- und Entlüftung eingesetzt werden.

Sobald es ein solches Belüftungssystem gibt, dürfen übrigens die Fenster nicht mehr geöffnet werden, da ansonsten der berechnete Luftaustausch in den Häusern, der durch das kontrollierte Belüftungssystem gewährleistet wird, verfälscht würde. Schon allein aus diesem Grund entscheiden sich viele Bauherren dazu, kein solches System einbauen zu lassen.

Fachwerkhäuser, die vor 300 oder gar 400 Jahren gebaut wurden, funktionieren heute immer noch einwandfrei. Bei diversen Lehmbauten in anderen Ländern ist das genauso, weil diese einfach die Feuchtigkeit aufnehmen und auch wieder abgeben können, ohne dass es irgendwelche statischen Beeinträchtigungen gäbe.

Auch das Holzhaus aus 2005, in dem ich seit kurzem lebe, hat keine Lüftungsanlage, und funktioniert nach wie vor einwandfrei.

### → Was passiert, wenn es während des Baus regnet oder schneit?

Feuchtigkeit macht unserem Holzbau nichts aus. Leichter Nieselregen hat überhaupt keinen Einfluss. Unser Holz ist auf 15–18 Prozent Restfeuchte heruntergetrocknet, saugt also Flüssigkeit nicht auf wie ein Schwamm, sondern perlt ab und trocknet auch schnell wieder aus. Wenn uns während der Bauphase ein Schauer überrascht, haben wir eine 16 × 16 Meter große Plane, die dann schnell über das Objekt gelegt werden kann.

## → Was würde passieren, wenn das Holzhaus komplett unter Wasser stünde?

Im Juli 2021 ist es in Nordrhein-Westfalen und Rheinland-Pfalz zu einer Flutkatastrophe gekommen, von der ich auch in einem gesonderten Kapitel in diesem Buch berichte. Jetzt hier, in diesem Teil, interessiert uns die Frage, was mit einem Holzhaus passieren würde, wenn es komplett unter Wasser stünde; im Ahrtal und anderen Gebieten war das teilweise für über 48 Stunden der Fall.

So eine Situation muss man sich natürlich immer im Einzelfall anschauen, aber es gilt, dass ein Holzhaus den Vorteil hat, dass es komplett austrocknen kann. Die komplette Putzträgerplatte muss außen entfernt werden, die Innenverschalung und die Dämmung, sodass nur noch das Holzrahmenwerk steht, das dann trocken werden kann. Anschließend kann es erneut beplankt und mit einer Putzträgerplatte und Vollholzschalung versehen werden. Bei Steinhäusern, ob gemauert oder betoniert, kriegt man die Feuchtigkeit kaum wieder aus den Steinen raus, sodass oft das Haus abgerissen und neu gebaut werden muss.

Aber nochmal: Sollte so ein Fall eintreten, muss man sich immer genau die Gegebenheiten anschauen.

## → Können Holzprojekte auch im Winter montiert werden?

Holzprojekte lassen sich zu jeder Temperatur umsetzen. Die Bodenplatte braucht fünf Grad Celsius, damit ihr Beton ordentlich abbindet, und ansonsten brauchen wir es einigermaßen trocken, aber alles andere ist für den Aufbau weniger relevant und wir können zu jeder Jahreszeit montieren.

## → Können sich in Holzhäusern Schimmelpilze entwickeln?

Weder in der Bauphase noch später, wenn die Kunden eingezogen sind, kommt es zu einer Schimmelbildung. Diese vollzieht sich nur, wenn Feuchtigkeit in Wände einzieht, die dort nicht mehr abgegeben werden kann. Erneut sind es diffusionsoffene Baustoffe, die in der Lage sind, jedwede Feuchtigkeit wieder abzugeben, was Schimmelbildung auf natürliche Weise unterbindet.

## → Entstehen manchmal Risse in den Holzhäusern?

In Summe nicht häufiger oder seltener als bei Massivbauten.

Dadurch, dass unser Rahmenwerk so steht, wie der Baum gewachsen ist (›hochkant‹), schwindet es minimal. Bei einem Blockhaus, in dem Rundhölzer waagerecht aufeinandergelegt werden, werden Stahlteile und Schrauben mit der Zeit immer »nachjustiert«, weil sich das komplette Haus noch extrem »setzt«, also das Holz radial schwindet und es dadurch zu extremen Setzungen kommt.

Das führt dazu, dass es bis zu 15 Zentimeter sein können, die sich verändern, was durch sogenannte Rutschleisten an den Innentüren aufgefangen wird, damit das Haus sauber ›mitrutschen‹ oder ›mitarbeiten‹ kann.

Bei unseren Häusern ist das aber nicht der Fall; die Pfosten stehen hochkant, sodass es nicht zu nachträglichen Setzungen kommt.

### → Was ist ein Richtfest? Kommt es heute noch dazu?

Früher wurden fast wöchentlich Richtfeste gefeiert, egal, ob es private Bauherren oder große Bauträger waren. Heute sind es in der Regel nur noch die privaten Bauherren, die das Erlebnis eines Hausbaus gebührend feiern.

Das Richtfest wird gefeiert, wenn der Rohbau eines Gebäudes fertiggestellt und der Dachstuhl errichtet beziehungsweise das Dach erstellt ist.

Ein Richtfest findet immer auf der Baustelle und zur Arbeitszeit statt, damit alle daran teilnehmen können, oftmals auch an einem Freitagnachmittag, wenn in der Woche der Dachstuhl oder das Haus/Projekt aufgestellt wurde.

Je nach Zimmereibetrieb ist das Richtfest sehr unterschiedlich, es gibt keine festen Regeln.

Der Richtspruch kommt in der Regel von mir oder unserem Richtmeister, und die Bauherren laden Freunde, Bekannte und Nachbarn sowie beteiligte Firmen ein. Meistens gibt es eine Kleinigkeit zu essen, eine Suppe oder Kartoffelsalat mit Würstchen zum Beispiel, und Getränke, die jeder mag.

## → Was kostet ein Dachstuhl, wenn er komplett sichtbar bleiben soll?

Manche Bauherren wünschen sich nicht nur eine Zwischendecke aus Vollholzbalken, sondern auch einen Dachstuhl, der mit seiner Konstruktion sichtbar bleiben soll. Bei der Zwischendecke bekommt man das gelöst, indem die Leitungen und Kabel auf der Decke verlegt werden und später die aufgebrachte Trittschalldämmung und der Nassestrich für den nötigen Schallschutz sorgen.

Beim Dachstuhl ist das etwas aufwendiger. Hier müssen, um die sichtbare Optik zu erhalten, wirklich zwei Dachstühle übereinander gebaut werden. Einmal die sichtbare Konstruktion, die auch statisch erforderlich ist, bei der auf die Balken eine Sichtschalung montiert wird.

Darauf entsteht dann der zweite Dachstuhl, der dafür da ist, dass die Dämmung eingebracht werden kann. Dann werden die nun entstehenden Sparrenfelder zum Beispiel mit Zellulose ausgedämmt, sodass es im Winter im Dachgeschoss auch schön warm bleibt und kühl im Sommer, wenn die Sonne auf das Dach scheint.

Hier ist die Zellulose ein toller Dämmstoff, da dieser durch seine lange Phasenverschiebung dafür sorgt, dass es auch im Sommer kühl bleibt.

Durch diese verschiedenen Arbeitsschritte kann man sagen, dass ein sichtbarer Dachstuhl tatsächlich das Doppelte eines herkömmlichen Dachstuhls kostet.

### → Was ist Zellulose?

Der Begriff kommt immer mal wieder vor, deshalb soll er hier einmal erklärt werden. Zellulose ist der Hauptbestandteil pflanzlicher Zellwände (Massenanteil etwa 50 Prozent) und damit die häufigste organische Verbindung und auch der häufigste Vielfachzucker.

In unserem Kontext ist zu wissen, dass Zellulose in allen Pflanzen und eben auch Bäumen vorkommt und zur Papierherstellung benötigt wird. Aus alten Zeitungen wird durch mechanische Zerkleinerung wiederum ein Dämmstoff gemacht, der auch Zellulose heißt.

Zellulose ist ein natürlicher Dämmstoff und wird von Fachleuten fugenlos eingeblasen, und kommt daher wirklich in jede noch so kleine Ritze. Im Hohlraum verzahnen sich die Fasern zu einer kompakten, maßgeschneiderten Dämmmatte.

# LIEBE LESERIN, LIEBER LESER …

**Abschließen möchte ich mit einem Zitat von Charly Chaplin,** einem britischen Schauspieler, Filmproduzenten und Komiker:

*Macht brauchst du nur, wenn du etwas Böses vorhast.*

*Für alles andere reicht Liebe, um es zu erledigen.*

Vielen Dank, dass du dir die Zeit genommen hast.

Lass uns in Zukunft mehr mit dem nachhaltigen Baustoff Holz arbeiten, damit unsere Kinder und Enkel einen lebenswerten Planeten vorfinden.

Herzliche Grüße aus dem Rheinland!

Ben

In aufrichtiger Dankbarkeit freue ich mich auf eine Buchrezension sowie den Dialog mit euch unter:

Webseite: BenjaminStocksiefen.de
Mail: bs@feelswood.de
Facebook: www.facebook.com/benjamin.stocksiefen
Xing: www.xing.com/profile/Benjamin_Stocksiefen
Instagram: www.instagram.com/ben_feelswood
LinkedIn: www.linkedin.com/in/benjamin-stocksiefen-51bb2b152
YouTube: www.youtube.com/@stocksiefen-feelswood